梦里家山

黄长征 ◎ 著

天津出版传媒集团

天津人民出版社

图书在版编目（CIP）数据

梦里家山 / 黄长征著. —— 天津：天津人民出版社，
2022.11

ISBN 978-7-201-18853-9

Ⅰ. ①梦… Ⅱ. ①黄… Ⅲ. ①散文集 – 中国 – 当代
Ⅳ. ①I267

中国版本图书馆 CIP 数据核字(2022)第 188842 号

梦里家山

MENG LI JIASHAN

出　　版	天津人民出版社
出 版 人	刘　庆
地　　址	天津和平区西康路 35 号康岳大厦
邮政编码	300051
邮购电话	（022）23332469
电子信箱	reader@tjrmcbs.com

责任编辑	霍小青
装帧设计	青年作家网

印　　刷	三河市嵩川印刷有限公司
经　　销	新华书店
开　　本	710 毫米×1000 毫米　1/32
印　　张	7
字　　数	165 千字
版次印次	2022 年 11 月第 1 版　　2022 年 11 月第 1 次印刷
定　　价	58.00 元

梦里家山，春透一帘雨

章锦水

辛丑腊月初，黄长征敲开了潜庐的柴扉。

与他一起抵达的，是一股呵气成雾的寒潮、一箱带着温情而有些分量的红星牌墨汁，以及五十本泛着墨香的新一期出版的《龙山文苑》。他的这份礼物，倒是很符合这个冬季围炉夜话的潜庐的书卷气场。面对可以浸淫于纸的海量墨汁，我脑海里瞬间浮现的是"且饮墨汁一升"的典故与一方著名的印章。

那方印是吴昌硕六十五岁时为其朝鲜友人闵泳翊所刻。闵泳翊是朝鲜封建王朝后期外戚、大臣、外交官，一八八六年来到中国，拜吴昌硕为师，后与海上书画名流任伯年、蒲华、胡公寿、钱慧安等人多有交往。这方"且饮墨汁一升"印，堪称吴昌硕的篆刻精品，该印之印文典出《隋书·礼仪志》，其中有这样一段记载："字有脱误者，呼起席后立。书迹滥劣者，饮墨水一升。文理孟浪无可取者，夺容刀及席。"说的是古人科举考试，字写得拙劣者，要喝下墨水一升以作惩罚，而文章写得不对题，言语轻率不当、条理不清晰的，会被当席没收佩刀。饮墨后来引申为学识尚浅、须多多读书之意。

于黄长征而言，携墨访友是出于挚诚与知我喜挥毫涂鸦、颇多费墨之周全考虑，而并无以上故事沉藏之深意，于我而言，倒真是一种鞭策或勉励——"且饮墨汁一升"，胸多些墨，多读多写，不负韶华。我知道，虽然他没说，高情商的黄长征此番造访其实还是有另一层意思的，那就是催稿。最近他搜集了近两年创作的散文三十八篇，以《梦里家山》为名，已交出版社付梓。作为多年的知交，他邀我写点儿文字。我觉得这等好事，却之不恭。但因近日工作忙碌，迟迟未能完稿，实抱歉意。

今夜要读的书是在手机的收藏夹里。习惯青灯黄卷式的阅读，在这个电子资讯时代，我已显得有些落伍。当我在细小的手机文件夹里打开黄长征的文字世界，首先映入眼帘的是："乡愁是孤独的，是举杯邀明月、对影成三人的独酌；乡愁亦是温情的，是冬夜里母亲给晚归的你温的一碗蛋花酒。"这一段开篇语已为《梦里家山》确立了主旨与基调，我明白乡愁是拥有巨大的情感杀伤力的。果不其然，随着阅读的深入，我一次次地被感动，仿佛置身于乡村空旷的古祠堂，倾听破空而至的源远流长的乡音与自己内心细叨絮语的混合交响，想着若即若离的天地一过客，自己与曾经熟稔的乡间景物人事的真切、缥缈直至虚无，竟心有戚戚焉。

黄长征笔下的寨口、寨溪与廿间头，是他的出生地及乡愁原发地。这是一个可以标签但不会符号化的地方，一村、一寨、一溪、一房、一草、一木，一直都在。即使是在梦里，他也不会迷失。文字造境，能抵达的是精神层面上的故土，还乡是文人的天职。而黄长征的幸运却是能常常回家触摸一切的遗存与仍然活在当下的风土。这就为他的散文创作提供了丰富的材料与涌动的源泉。他以寨口为基点，进而拓展到更大的乡村社会，写传说、写风情、写古建、写人物、写嬗变、写期盼，既有广角镜头式的猎视，又有显微镜式的细绘，文章显得景深开阔，层次丰富，言之凿凿，真实可信。掩卷之余，一声叹息：中年写作，已无强说愁郁；娓娓道来，却是一叶知秋。

由此也想起黄长征的不易。这个出生于乡野的孩子，早年因病落下了腿脚的不便，但他隐忍、善良，心有猛虎般的励志与坚强。一方面，他辛苦创业，成为一名企业家。另一方面，他勤勉学习，成为一名乡土作家。更难能可贵的是，前几年他与吕煊、施云东等诸兄一起重聚了当年龙山中学一干文学少年，出资、出力、出思路，创立了永康市乡土文化研究会，并自办了民刊《龙山文苑》，为永康乡土文化研究搭建了很好的平台，并且出刊多期，在省内乃至国内民刊中都具有广泛的影响，特别是得到了在外工作的永康乡贤的广泛赞誉，《龙山文苑》可谓"纸上的故乡"。

"梦里家山，春透一帘雨。"通过手机，我边读边写，不觉夜已深。有雨之淅沥声入耳，想起家乡的早梅已开在枝头，点点红色点缀着灰蒙蒙的夜空，仿佛是一种情怀在渲染它的存在。《梦里家山》是黄长征的第一本书，也像一枚小萼珠光，摇曳在家乡老梅的枝杈上，照亮过往和来日、在或不在故土的时光与前程。

是为序。

序言二

梦里江南，最忆是故乡！

吕煊

黄长征要出散文集，这是好事，也是喜事！

深夜，打开黄长征发给我的三十八篇散文，我一口气把它读完，待关上电脑上床休息，发现天已微亮。我澎湃的思绪还沉浸在黄长征构筑的江南里，这里有他稚嫩的足迹、童真的乡音、青春的怀想，一座江南深处的小镇小村在一个中年男人的笔端汩汩涌出。那些被黄长征牵挂的人和物，都是幸运的。故乡，是黄长征创作动力的源泉，这里的一草一木他都很熟悉，离开家乡三十多年之后，他用真情在文字里构筑了自己的村庄和心灵深处的江南。

黄长征是我的高中同学，我早有动笔写他的念头，我从事的职业是记者，出于习惯我应先采访他才行，但我一直没有说出口。在这漫长的三十年里，我们一直以文字热爱者的身份在各自的领域生存着。

他用情更真！让我敬佩。他平日里是一个工厂的老板、企业家。厂子不大不小，要养活一帮员工。一介书生办厂，累是必然的。他告诉我，他累了就读书写文章，偶尔也把玩一些奇石。所以我在读黄长征的散文时，一股熟悉的味道扑面而来，他描绘的那一块儿土地装着我们共同的梦想。用文字解压，也不失为文人本色。

他用情更深！这三十八篇散文都是黄长征在繁忙的工作之外挤出时间一字一句写下来的。在中学时，他是学校文学社的社长，在放飞梦想的年龄，文学梦是他绿色的梦，这个梦一直装在他的行囊里。无论身处何地，只要有喘息的机会，他都会把这个梦拿出来晾晾。他的很多文章在结集前我已在他的微信公众号上读过。一个企业家，有闲心费时费力运营微信公众号，唯一的解释就是对文字有真爱、对世间心存感恩。

他用情更切！曾有一位史学家说过，要了解一个人，就去读他写的散文。在阅读黄长征的这三十多篇文章的过程中，我大抵了解了他这三十年来的生活和他的精神追求。中学毕业后他去一家大型公司上班，不久就因工作出色被提拔为车间主任。因童年的病痛，黄长征右脚残疾，但其不因身体残疾而自卑，相反，他在工作中比一般人更加奋发自强。因其出众的才华，受到公司老板的赏识而被选调在其身边当秘书，其间时有其撰写的公司新闻见诸报端。后又被这家公司选送去浙江师范大学进修，毕业后回原公司上班，先后在集团多个部门和分公司担任要职。在丰富的履历中，他最喜欢的还是集团公司编辑室主任一职，在这里，他办企业报刊，天天和文字打交道，做着自己喜欢的事情，并续写着他心中的文学梦。黄长征在工作中积极有为，但在感情方面沉稳淡定，终于有一天，有一个姑娘打开了他的心扉，成为他的新娘。这是一位了不起的女子，在黄长征这本书的文字里我们可以读出她的气息。这些文字里的悠闲自在、不急不躁，仅用技巧是写不出来的。我想，倘若没有他妻子的一贯支持，黄长征的书房肯定是不安稳的。在此，我想表达的是，散文贵在真实、贵在真情、贵在用心。这是散文创作的技巧，也是生活的技巧。

另一方面，黄长征也是我的"战友"，三年前，他、施云东与我三人共同发起成立了永康市乡土文化研究会，他担任会长。研究会成立后，这几年朝夕相处的时间多了，他对乡土文化的热爱和执着，点点滴滴都让我们感动。值此长征散文集出版之际，寥寥数语表示祝贺。长征散文的学术评介，我拟另在其他篇幅里详细撰写。

是为序。

目 录

我的家乡我的院

乡情绵长

我的家乡在一个江南小山村，名叫寨口村。

村庄山清水秀，风景如画。

自二十世纪九十年代初我离开家乡去城里工作，至今已有三十余年，虽早已定居城里，习惯了城里繁华、便捷、快节奏的现代生活，但对那片生我养我的故土，一直魂牵梦绕。

寨口村人姓黄，跟附近几个村落相比，寨口算是一个大村。

村庄以"大会堂"西墙旁纵贯延伸到后山脚的一条小路为界，把村子分为上半处和下半处。"处"是土话，在这里为"村"的意思。

在我的孩童时代，当时的柏岩公社就设在寨口村的下半处。

我们村从地理位置上说，位于永康市东北方位象岩山的南麓，整个村落群山环抱，一条狭窄的公路从两山之间的缝隙之中穿越而过。

村庄地势险要，宛如"一夫当关，万夫莫开"的关口，这就是寨口村村名的由来。

村里有一条清澈见底的小溪，名为寨溪。寨溪也是永康市东部主要水系东溪的一段。

寨溪与这条通往外界的公路，几乎平行相伴，绵延不绝。

来自山涧的叮咚清泉，聚流成溪，溪水时而在平坦河床踽踽而行，时而在高低错落的山崖飞泻而下。溪流动中有静，张弛有度，沿着村庄蜿蜒流淌，整个村庄也因其依附而更加灵动秀美。

在我的记忆里，这条小溪是我们村的风景线，更是赖以生存的母亲河。

无论春夏秋冬，天蒙蒙亮，我的妈妈就和村里的阿婆、婶嫂们在这里洗菜、洗衣，那潺潺水声和节奏明快的捶衣声，在溪流两岸回响，这是一幅如诗如画的乡村晨曦图。

夏天的傍晚，溪流中的大潭和官财涧这两个水潭，更是我和村里小伙伴们的乐园——岸上高处跳水、狗刨、潜水比赛、战况激烈的水战、用醉鱼草醉鱼、用簸箕捉鱼等。一幕幕溪流里的场景，虽随时光远逝，但仍历历在目，恍如昨日。

沧桑岁月廿家头

我的老家在一座四合大院里，名为廿家头，其实包括作为公共存储间的轩间、作为公共通道间的台门间在内，满打满算也只有十八间房子。

廿家头是村民叫的土名字，它真正的名称是"翻身院"，这三个字至今还在院子外墙正中台门的上方依稀可辨。"翻身院"这三个字连同外墙正面两个边门上方的"奋发"和"图强"，都是我那酷爱书法的教书匠父亲年轻时的手迹。它是老宅时代的印记，也寄托着我们姐弟四人对一身正气的父亲的回忆。

这座大院子最初是由村里一户地主人家建造。中华人民共和国成立后，院子被分配给村里的一些贫农居住。

据父辈们讲，在解放初期，柏岩乡政府就设在我们这座大院里，我奶奶是当时村里的妇女主任，每天还负责给乡政府的同志们春米、做饭。

廿家头虽是地主所造，但绝非像其他地方的商贾、政要所建造的私宅那样雕梁画栋。它风格简朴，却也不失江南古民居青砖黑瓦马头墙固有的建筑特色。

整个大院为砖木混合结构，正面两端是飞檐翘角的马头墙，大院内部分上下两层，上下层之间用很厚的木板作为楼板，每个房间也是用木板作为隔墙。

这座大院子略显奢华和富有特色的地方有两处，一是窗户，二是一种叫"地坪楼"的构造。

窗户由一根根小木条子横竖组成的榫卯构件和纯手工的雕花构件组成。雕花构件上刻着一些花草和古装人物，每扇窗户雕刻的画面都不一样，有的寓意为花好月圆，有的则是武松打虎的故事情节，也有反映老鼠嫁女的喜庆场面。每组雕刻都栩栩如生，体现了木工匠人精雕细琢的匠心与技艺。

遗憾的是如此精美的窗户构件，多数于二十世纪八十年代末、九十年代初被一些上门的商人高价购走了，现在原样留存的已为数不多。这种因缺乏文物保护意识而一时贪财毁物的做法，如今想来，实在是惜哉、痛哉！

在我家的主卧有一种叫"地坪楼"的构造，这一设计在整座大院乃至当时整个村子里唯我家独有。

地坪楼其实就是在离地面三十厘米左右高度的地方，用木板再构建一个地板层，而且也不是整间都是地坪楼，只是靠墙临街的半间。至于为何要构建这种别样的地坪楼，原因不得而知，很多来过我家的街坊邻居猜测，地坪楼下应该多少藏着一些珍宝，依据是这间房子曾是地主居住的主卧。

我的父母亲不相信地坪楼藏宝的说法，他们认为那户地主人家也不是家财万贯的巨富，建造这座大院的财资是靠卖豆腐这种小生意日积月累得来的。而那时少不更事的我则将信将疑，心中也幻想着下面藏有很多宝物，可以拿去换钱，这样一日三餐就可以吃上白米饭，不再顿顿吃令我厌烦的番薯、玉米棒、玉米羹、玉米饼了。

我现在还清晰地记得，我父亲的同事赵丽芬老师，她家儿子一直住在城里，有一次被她带到我家来做客，这个四五岁的孩子看到地坪楼就十分好奇地问我们，这下面通到哪里，我大姐说这能通到地球的另一端去，小孩子信以为真，嚷着让我们打开地板看看，我们都被他的天真童趣逗得哈哈大笑。

二十世纪九十年代，地坪楼在我家改造地面铺设水泥地时拆除，诚如父母所言，下面一无所有、空空如也。

近邻胜远亲，童趣抵万金

大院内的走廊上还立着一根根粗木柱子，下边是圆鼓形的青石墩，小时候常有小伙伴玩耍时一不小心撞到柱子上，痛得哇哇大哭。有时大人听到哭声就会从房子里出来哄他，用手或者随手拿起一把靠在家门口的扫帚，一下一下地敲打这根木柱子，打骂它为什么要撞到孩子，俨然敲打的是一个十分顽劣、惹是生非的坏孩子。如此这般，小孩子也就破涕为笑了。

由于每家每户之间的隔墙是木板，所以隔音效果很差，常有相邻的两家甚至三家，大人们晚上躺在各自的床上隔着墙聊天说事。我小时候有时大清早就被邻居间的奇特聊天吵醒。

现在想来十分怀念的还有家乡的傍晚，大人们从田间地头劳作一天回家，炊烟袅袅过后，就陆陆续续地从家里端出饭碗，坐在自家门前的青石、竹椅、木凳上，边吃边聊。聊得酣畅起劲时，就会三三两两不自觉地走到某一家门前聚合，常常要聊到某家女主人屡次催促自家男人或孩子赶紧把碗筷拿回家让她洗刷，才匆匆回家一趟，而后立即出来继续畅聊。

有时，大人看到围在身边的小孩子多，就会一边吧嗒吧嗒地抽着竹竿旱烟，在烟斗的一明一暗里，成心说一些聊斋之类的鬼怪故事，常常把小孩子们吓得尖叫或者不敢乱动。当时年幼的我也常被吓得不敢单独把碗筷送回到泛着幽暗灯光的厨房去，只有等到大姐或二姐起身回厨房时才把碗筷塞给她们，或者走到她前面，生怕落在后面会被突然冒出的某个青面獠牙的鬼怪一把拽走。

夏日时节，邻里聚在一起群聊的时间更长。

傍晚，边吃边聊的时间过后，大人和小孩子们就从闷热的家里拿出草席或篾席铺在院里的走廊上，有时甚至搬出四五十厘米宽、一米六七长的大凳和席子放到大院外的路边上，乡亲们或坐或躺，手里摇着蒲扇，旁边燃着捆成长条状驱蚊用的艾蒿，三五成群地聚在一起纳凉过夜。

大人们天马行空地谈天说地，小孩子们则围坐一起，唱一些流传已久的油口歌，如"月亮婆婆，点灯敲锣……""长毛花，红乃乃，山里婆娘出脚拐，囡儿孙嫁大伯……"有时还会淘气地唱着用邻居夫妻名字大串连成的自创的油口歌："新天岩妹，新法焦贵，方明孟珍……"在繁星闪烁的夜幕下"以天为被、以地为席"，知了、蟋蟀的浅唱低吟，夜渐渐深沉，玩累了的我们也在路边的竹席上慢慢进入梦乡。

在大院的天井里，原先还有两棵大梨树，那是我家隔壁邻居朝水阿公种的，树高大遒劲、枝繁叶茂。

每到春天，满眼洁白的梨花从嫩绿的枝叶间挤出头来，在天井中竞相绽放，整个院子都弥漫着淡淡的清香，宛如置身于唐代诗人岑参笔下"忽如一夜春风来，千树万树梨花开"的意境之中。

有时一场大风刮来，满院子便纷纷扬扬飘洒着片片洁白的花瓣，小伙伴们伸展双手，嘴里欢快地喊着，追逐着梨花，仿佛沐浴在一场梨花雨中。

到了秋天，大青梨挂满枝头，人站在楼上的窗户前触手可及，虽垂涎三尺，但不敢去碰，怕被阿公发现。

遇上刮风下雨掉下几个，小伙伴们捡起来交给阿公，这时阿公就会夸我们懂事，奖励给我们一两个梨子吃。梨子虽皮糙肉硬，但我们吃起来却津津有味。

小伙伴们最盼望的还是梨子成熟的时节，阿公和他的儿子阿天叔爬上梨树，攀附于虬干斜枝之间，摘下一篮篮、一筐筐诱人的青皮鸭梨，我们这些小孩子则立于树下，仰头观看。等全部摘完，阿公会一小篮一小篮地分送给大院里的邻居分享。

后来不知何故，这两棵大梨树被砍掉了。现在回想起当年吃梨的情景，嘴里仿佛还留有梨子的香甜。

在我的童年时期，廿家头住着十五户人家，那是这座大院子丁最兴旺、最热闹的时期。

大院不仅是我们的休息之所，更是我们玩耍的乐园。

那时，我和院子里的卫东、雄伟、林金、冬花、桂珍、丽巧等小伙伴在院里捉迷藏，在回字形的走廊里打陀螺——用布条编织的鞭子啪啪使劲地抽赶各自的陀螺去碰撞对方的陀螺，谁的被碰撞倒地谁就输。还有滚铁环、"打豹"、摔跤等游戏。有时实在无聊，就模仿院里夫妻吵架场景，男的指手画脚、骂骂咧咧，女的哭得呼天抢地、悲痛欲绝，嘴里唱着抑扬顿挫、韵律十足的哭腔唱词："娭毑了！我的命塞嗨苦……"当然，这种吵架模仿秀必须等大人出工干活后才能上演，否则免不了被大人一顿臭骂。

嬉笑哭闹和追逐打闹声每天都在这个大杂院里回荡。童年无忌，在这里被我们肆意尽情地演绎着。

往事如烟，情缘依旧

往事如昨，说时依旧。

那种孩子们肆意欢闹的场景、温馨和谐的邻里关系、夜不闭户的安全与信任，是如今生活在钢筋水泥楼房中的"80后""90后""00后"们无法体会和想象的。

伴随着农村经济的发展和农户生活水平的提高，年轻人早已移居到城里生活，甘家头已渐渐变得冷清，房门大多紧闭，只剩几个年长者留守。

如今，我的父母和昔日的多数长辈都已驾鹤西去，那座难忘的老家甘家头也已成为饱经沧桑的历史遗迹。

赋诗一首，感怀记之：

> 陈梁燕泥迹犹存，
> 堂前喧闹已无声。
> 烟云往事心头涌，
> 故园旧交情暖人。

家山风华

"一溪清流浮半月，五桥会意嬉来龙。堂屋画栋存古韵，大道高楼尽争荣。"这是黄氏族人对山清水秀、风景如画的寨口村的诗赞。

寨口村位于永康市东北角象岩山南麓，整个村落的西北和东南群山连绵。

寨口村自明景泰年间建村至今，已近六百年历史。

寨口村人姓黄。据《黄氏宗谱》记载：永康黄氏始祖文简公，登进士授保宁军节度推官，历秘书省校书郎，迁国子监丞，封江夏郡公。于宋哲宗元祐三年（1088 年），因直谏时政被贬谪永康教谕，居于古丽三眼井侧，传至七世行彬，分鹤鸣、前金、柏岩三宗。柏岩宗分柏东、柏西两支，寨口的黄氏后裔则从柏东支系析出。

寨口黄氏始祖黄复，为文简公第十二世孙，讳复，字季初，谦行十七，1434 年生。

复公为何择居寨口呢？传说复公到了舞象之年，父亲让他遵循祖训："信马登程往异方，任寻胜地正常纲。足离此境非吾境，身在他乡即故乡。"

复公遂翻山越岭、跋山涉水，欲择山而居。

某日，他从箬步坑出来，越过山坑，到了前山头，烈日当空，既热又乏，见眼前有十三棵大松树，棵棵枝干粗壮，须以多人环抱，树木高大，浓荫蔽日，故到树下休憩。

树下清风徐徐，好不凉快惬意。

俯瞰山下，只见一条宽阔的大溪（东溪，源自山沟上卢村）从东边沿着连绵青山的山脚缓缓流过。

东南边也有一条溪流，从箬步坑方向潺潺流出。

两条溪流一远一近，终在一口波光粼粼的清水塘前交汇，汇合成一条大溪流。

这两条溪流一大一小，逶迤延绵，加上旁边亮闪闪的清水塘，这不正是"双龙戏珠"吗？复公不禁暗自叫绝！

再仔细环顾四野，清水塘后方是一片桃红柳绿的坡地，坡地的北面是葱绿巍峨的象岩山脉（来龙山脉的一支），东面层峦叠嶂，绵延起伏，宛若青龙起势。

西面虽也有山，但那是从象岩山脉闲坑方向延伸而出的几座山丘，像只蹲伏着的老虎。饱读诗书、通晓风水的复公惊诧道：左青龙，右白虎，前朱雀，后玄武。这岂不是安居乐业之风水宝地乎？！

真是踏破铁鞋无觅处，得来全不费工夫，妙哉！美哉！

复公抑制不住内心狂喜，赶紧起身，脚下如踏风火轮，飞一般地下山，回家禀告父母。

在父母选定的一个黄道吉日，复公就在清水塘后面建宅安家，后官至省祭。

一个村寨也要有一个属于自己的名称，因村前有一条灵动的大溪流过，复公据此把村庄取名为寨溪。

这就是寨口村初始村名的由来——因溪而得名。

复公生弥、泓、濠、涣四子，从此复公子孙后代就在寨口这方秀山丽水的土地上繁衍生息，于是就有了村里老人口中"堂前一颗珠，珠前双龙戏，前山还有十三根大松树"的俗语。

寨口村名来由

寨溪后来又为何称为寨口了呢？

这就源自"老荷造反"的故事。

话说在明朝，由于朝廷腐败，加之江南一带赋役不均，贫富差距严重，官吏横征暴敛，民不聊生，江南各地出现了农民起义。

在永康东北角的棠溪、寨溪、西溪一带，也有民众不堪压迫揭竿而起。这个起义造反的头领叫老荷。

相传，老荷是青山口荷塘坑人，是个闻名于山沟地带、艺高人胆大的泥瓦匠。他收费公道，活做得细致，人缘又好，故柏岩一带的村民都信任他，要造房修屋的都会找他。这也为后来他能率众领头造反提供了有利条件。

在江南各地风起云涌的起义浪潮中，老荷这个思想活络的泥瓦匠，也不堪官府压榨，就借平日做工的间隙与一些信任他的百姓谋划造反。

某日，在一户人家干完活后，老荷望着眼前的水塘，压抑不住内心的愤懑，当着身边一众乡亲说，他今天要看看天意，若从他手中甩出的砖刀能劈中二十几米外水塘中央的那根树杈，表明老天爷应允他带头造反；若劈不中落入水塘里，则预示着他老荷只能老老实实做个安分守己的泥瓦匠。

人群中当即有人附和道，若劈中树杈，就跟随老荷一起去造反。

于是老荷凝神屏气，眼盯水塘中的树杈，手起刀飞，一条弧线从空中划过，只见砖刀稳稳地劈中树杈正中，分毫不差。

在众人的喝彩声中，老荷当即宣布率领贫苦乡民起义，会同缙云等地义军，要推翻腐败统治，建立清明平等、百姓安居的新王朝。

此后，老荷就在棠溪、寨溪、西溪一带，拉起了一支近千人的义军队伍，不断袭扰附近官府和土豪劣绅，并分别在青山口的石棋盘、柘溪的四大坑岭头、寨溪的箬步岭头、董坑的董岭头四大要塞位置安营扎寨，抵挡朝廷官兵的围剿。

由于寨溪的地理位置极其重要，南北两面高山对峙，两山夹一溪，沿溪只有一条羊肠小道进出，此处就像一只布袋口紧紧扼住棠溪、寨溪、西溪的交通出入，大有"一夫当关，万夫莫开"之势，实属一个天然、难得的重要关口。

夺取寨溪及十里八乡控制权后的老荷，就把寨溪称为寨口，于是这个由义军头领老荷所取的村名就被沿用至今。

人文底蕴深厚

寨口人文底蕴深厚，古建遗迹、神话传说众多。

据记载，在象岩山东麓的和尚弄一带，原建有占地数千平方米的和尚寺一座，寺宇重檐翘角，雕梁画栋，规模宏大，气势非凡，寺名曰"象岩寺"。

据考，唐代贞观一位名叫"悟性"的高僧，一路风餐露宿前往富阳，向当地商贾信众化缘建寺，他呕心沥血，花费数十年的时间，终于在大唐武则天长寿元年（692年）使得寺院整体落成。

此后，寺院香火旺盛，信众络绎，闻名一方。

元顺帝至正十八年（1358年），因朝廷清理全国寺庙，象岩寺僧众被迫离去，寺院在兴盛六百六十六年后被废，此后再无复兴。

千余年后的今天，寺院印迹大多已化为烟尘。但仔细探查，也尚有少许遗迹可寻，且有寺下金车银椅的传说在寨口村民口中流传，也留下寺前、经堂、放生塘、马栏屋、寄财垭等与古寺相关的地名。

此外还有七百坝传说、石岩奇洞、小屋后神泉等传说活灵活现地在村民口中演绎、流传。

在寨口下半处的古樟树林里，原有一座清嘉庆十六年（1811年）建造的寨溪宗祠。

宗祠雕梁画栋，规制宏丽。但该宗祠命运多舛，屡遭焚毁。

新祠造好的当年因族人失火被焚，致使寨口族人二十多年没有祭祀、节庆、演戏场所。至道光十六年（1836年），族人又动工重修，但不幸的是，祸患又于同治元年（1862年）降临，宗祠毁于战火，焚为煨烬。三十多年后的光绪二十年（1894年）才重建完成。

该宗祠原是寨口村内最为古老的建筑。抗日战争时期，这里曾作为义乌县立中学流亡办学的校舍。解放战争时期，这里曾作为浙东人民解放军剿匪休整、宣传革命的红色据点。中华人民共和国成立后，这里又作为柏岩乡乡政府办公场地，以及农民夜校与寨口小学的办学场所。

令人痛惜的是，这座见证寨口近一百八十年历史变迁的古建筑，于1984年被彻底拆除。

目前村里尚留存清末民初建筑四五处，但大多衰败不堪，破损严重，亟待整修维护。

文脉昌盛

寨口人杰地灵，文脉昌盛，贤达辈出。

建村始祖复公就是官至省祭的大明要员，后代求功名利禄、报效家国者层出迭现。明清时期有州司马一人、侍郎两人、贡生六人、庠生三人、太学生二十二人、八品军功四人。

寨口钟灵毓秀，村民厚德重孝，仁爱信义。

村民以江夏始祖香公名留青史的"黄香扇枕""黄香温席"孝行孝德为楷模，力行善举。

因地制宜，发展产业

寨口村因地制宜，发展蜜梨产业，从 1995 年至今种植面积达五千亩，年产黄花梨、翠冠梨等品种蜜梨三千五百多吨，成为永康最大的产梨区，寨口蜜梨被列为全市十大农业品牌，多次在省农博会及金华农博会蜜梨评比中荣获金奖。

由西溪镇人民政府牵头，已成功举办了十二届精品蜜梨节，寨口蜜梨声誉四方，使本村百分之八十的村民受益致富。

寨口村山清水秀，生态优良。清澈的东溪水从村中潺潺流过，两岸游步道平整通畅，更有水泥路和石阶步道通达遍布各山头的蜜梨基地和村后巍然屹立、风光旖旎的象岩山，优美的环境、清新的空气、香甜的蜜梨引得各地游客纷至沓来。

有道是：

祖德佳话传青简，

孝义成风沐梓桑。

畎亩勤耕梨果硕，

流音欢畅颂吉祥。

祠堂小学

都说小学是人生教育的重要启蒙阶段，我的这个启蒙阶段在一处叫寨溪宗祠的村中祠堂度过。

祠堂印记

这座祠堂是我们村的黄氏宗祠。在我的记忆里，祠堂虽很老旧，外墙上的青砖也有破损，却一点也不失其庄重与威严。

高大的马头墙飞檐翘角，主墙的正中是厚重的双扇木质大门，大门上镶有铁质的狮子头和拉手环。

除大门外，左右耳房上还各有一扇也是木质的小边门，但这两扇边门平时很少打开。

祠堂里面宽敞明亮，两进结构，前后共有三个天井，呈品字形。

走进大门，迎面就能看到一个高大的由石头堆砌而成的戏台。戏台雕梁画栋，台下的大厅里有几根大木柱子，当时还是小学生的我根本抱不住一根大木柱子，必须两人才能合抱。柱子上方架着粗壮的牛腿横梁。

置身于这种粗横梁、大木柱、厚阶石结构的房子中，总会让当时年幼的我心生一种厚重的安全感。

我懵懂记事时，我的父亲就在这座祠堂小学当过几年校长。

父亲中年得子，故对我宠爱有加、呵护备至，我像跟屁虫似的无时无刻不跟随着他，所以我在这座祠堂里度过的时光自然要比村里其他的小伙伴多很多。在这里，我无忧无虑地嬉戏玩耍，度过了我小学生涯。可以说，这座祠堂里的每一个角落我都了如指掌。

那时，祠堂里设有五个年级，一年级的教室设在靠大门口的一边，由外及里，从一年级到五年级有序渐进分布。

祠堂里除了五间教室，还有老师的宿舍、办公室、柴火间、伙房、体育器材间等功能不同的房间，另外还有几间闲置房。

小学逸闻趣事

令我记忆犹新的是学校早上要"抢早后"（就是课前早读，第一个早到的同学会得到老师的表扬，最后到的会受到老师的批评）。

为了第一个到校，同学们会让父母起大早做早饭，扒上几口就快速地往学校跑。

那时候的冬天，气温要比现在低得多，天寒地冻，冰凌长长地垂挂在屋檐下。去学校上学，同学们人人提着一个用来取暖的火笼，即内装木炭的小火炉。由于天刚蒙蒙亮，教室里也没有电灯，早到的同学就围一圈坐在戏台冰冷的台沿上，一手提着火笼，一手拿着书本，稚嫩的琅琅读书声在晨光熹微的祠堂里回荡。

上课期间，教室里有时会突然爆出啪的一声，吓得同学们心惊肉跳。原来是贪吃的同学把从家里带来的黄豆放在铁制面油盒里，埋进火笼的炭火中，一边听课一边在课桌底下开着小差煨黄豆吃，结果是快煨熟的黄豆发出的爆裂声暴露了他的小把戏，吓到了认真上课的老师和同学，煨豆者也被老师拎到后面的墙角罚站。

用面油盒煨豆的同学家境通常不错，而大多数同学都是自己找一段细铁丝，手工一圈一圈绕成漏斗状，用铁丝圈来煨豆。

这些用铁丝圈的同学有的会想方设法去讨好拥有面油盒的同学，希望能借来一用，或被慷慨地送一只，也有的会用其他东西去换面油盒，然后用这只好不容易得到手的小盒子，在火笼里煎糖、煨豆或炸个番薯粉条之类的小东西吃。

现在回想起当年用火笼煨豆、煎糖的情景，那份诱人的香甜还是会让人忍不住咽口水。

每到期中和期末放假前，学校都会开个大会，各个年级的同学分别从教室里搬出长条木凳，大家按老师的要求整齐有序地坐在戏台前的大厅里。

当时我们的校长是孔德银老师，他通常坐在戏台上的木桌后讲话。大会的最后一个环节就是给同学们颁奖，三好学生、积极分子、优秀班干部，被念到名字的同学会一溜儿小跑地穿过天井边上的小道和台阶跑上戏台，从老师手中接过奖状。虽然拿到的只是一张小小的奖状，但那份满满的自豪与喜悦之情是难以言表的。

在小学读书的记忆中，有三件事一直让我记忆犹新。

一是读一年级时，我们的班主任黄向阳老师结婚，他给我们班上的每一位同学发了两颗糖。在那个物资极其匮乏的年代，同学们拿到糖时别提有多高兴了，很多同学拿在手上看看又放回到口袋里，久久舍不得剥开吃。

二是在二年级刚放暑假的一个上午，看到已在柏岩初中任教导主任的父亲把小学祠堂大门的钥匙带回家，我就私自把这钥匙拿出去，叫上两个好伙伴，偷偷打开校门溜进去玩耍。

不知谁突发奇想，把三个教室里的长凳子搬离一空，凳子高低骑着首尾相接，一条一条从里面高处的戏台穿过大厅、天井，一直码到大门附近，然后拐个弯儿再码回到戏台底下。把最后那条长凳一抽，凳子便接连坠落，清脆的叭叭叭声此起彼伏。当时这有趣又壮观的景象，现在想来就是所谓的多米诺骨牌了。

三是三年级时的一次考试，由于当时我生病卧床在家，施玉球老师不辞辛苦、风雨无阻地把试卷送到我家，然后坐在床前的长凳上，一直等到半倚在床上的我答完试卷，她才收好试卷离开。此情、此景、此恩，令我刻骨铭心。

在这座祠堂的前后空地上还有很多大樟树，它们粗壮高大、停僮葱翠、遮天蔽日，棵棵都要两三名同学才能合抱。

祠堂前面的这一大块坪地就是我们的操场，每天的早操和跑步、跳绳、跳高、跳远和玩闹都是在这里。

操场前面的右侧还有一口水井，是小伙伴黄芳、黄琴家的，井水冰冷、清澈、甘甜。虽然学校里有烧的开水，但每次玩得口渴了，包括我在内的很多同学都喜欢跑到水井边上，打上一桶井水，然后像小水牛一样伸长脖子咕咚咕咚喝个够，那真叫一个爽！

别了，一百八十岁的祠堂

这座古老的祠堂肇建于清嘉庆十六年。曾听父亲讲，抗日战争期间，为躲避日本侵略军，义乌县立中学曾到我们寨口村并在这所祠堂办学上课，为传播抗日救亡思想做出了贡献。

二十世纪六十年代，柏岩乡政府从我家所在的廿家头大院搬出后，就在这所祠堂里办公，基层干部在这里为十里八村群众疾苦操劳、日夜忙碌。

从二十世纪七十年代到八十年代，这里又成为柏岩乡的重点学校寨口小学所在地，发挥着知识摇篮的功用。

这座祠堂与我家也休戚相关。二十世纪四十年代末，在浙东人民解放军第六支队的领导下，我父亲所带领的剿匪中队曾穿过枪林弹雨在这里休整并宣传革命思想。

后来，也是在这里，我父亲重回教书育人的工作岗位，在寨口小学校长的位置上为学校的管理和发展做出了贡献。可以说，这座祠堂见证了我父亲跌宕起伏的一生。

由于年久失修，加之当时缺乏文物保护意识，这座拥有近一百八十年历史的祠堂于二十世纪八十年代中期被彻底拆除，如今想来真是心痛万分！

流年似水，岁月如歌。写到这里，脑海里突然冒出徐志摩的那首《再别康桥》："轻轻的我走了，正如我轻轻的来；我轻轻的招手，作别西天的云彩……悄悄的我走了，正如我悄悄的来；我挥一挥衣袖，不带走一片云彩。"

寨口祠堂，犹如一位德高望重的长者，走完了平凡而又不平凡的百年历程，最终湮没在悠悠的历史长河之中，并且成为一份美好而隽永的记忆，留在我们这些曾受它护佑与恩泽的寨口村村民心中。

荡漾在童年时光里的小船

一

"让我们荡起双桨，小船儿推开波浪，海面倒映着美丽的白塔，四周环绕着绿树红墙，小船儿轻轻飘荡在水中，迎面吹来了凉爽的风……"一首舒缓轻快、意境优美、极具画面感的儿歌《让我们荡起双桨》伴着秋风里的桂香，透过阳台的纱幔，又一次飘进我的居室。

不知哪位近邻最近常放这首儿歌，我想应该是唯美的歌词、悠扬的旋律才引得他或者他家孩子这么喜欢去听吧。

《让我们荡起双桨》是二十世纪八九十年代一首家喻户晓的歌曲，这首歌描绘的是一派如诗如画、悠然安逸的时光，表达了人民对美好生活的向往，表达了人们热爱生活、热爱祖国的意愿。正因为如此，歌曲才引起大众的喜爱、共鸣，并广为传唱。

这首诗情画意的歌曲把我拉回童年时光，让我想起流淌在我家门前的那条小溪，想起小溪里飘荡的那只小船。

二

山水江南，山以水为血脉，故山得水而活；水以山为颜面，故水得山而媚，秀山丽水孕育了灵动江南。

江南黎民，选址筑基，多依山傍水，临水而居、择水休憩。

我的老家在一个靠山临水的山沟里，门前流水潺潺的小溪，便是我们孩童的一大乐园。

虽是临水而居，但因险滩乱石密布、水坝深潭众多，故打小就无缘体会"舟行碧波上，人在画中游"之意境，"清风拂绿柳，白水映红桃"倒是身临其境的常态。电影《闪闪的红星》里"小小竹排江中游，巍巍青山两岸走"的优美画面，一直让我等小伙伴羡慕不已。

既然不能体验"撑一支长篙，向青草更青处漫溯"，那我们就自己"造船"圆梦。小伙伴们就地取材，以纸片、麻秆等作为材料，按电影和小人书里的样子，加上自己的想象，加工制作成一只只大小不一、形态各异的排筏舢板、楼船战舰等手工船模。

三

我们制作的手工船模按材料区分有纸船和麻秆船。

毫无疑问，纸船的制作是最简单、最快捷的，从废书本上撕下一页，或裁剪废报纸一页，几经翻折，一只小船迅即诞生。

纸船中样式做得最多的通常是两种：元宝船和篷盖船。

元宝船，顾名思义，形如古代货币元宝。船体两端高，中间低，有一高于船首的三角凸起，兀立于船中央。

篷盖船，有单篷和双篷之分。单篷即一个篷盖罩于船中间，露出船首船尾。双篷为两个篷盖罩于船首船尾，船中间部位露出。此两种篷盖船，形似浙江绍兴的乌篷船。若在其中一只的篷盖上用黑笔涂上黑色，那完全就是鲁迅笔下《社戏》里描写的与众人摇橹去赵庄看戏的白篷船与乌篷船了。

折纸船，省时省力，便捷高效，无须借助任何工具就可在短时间内快速产出多只，且不受时空限制，一年四季皆可随时制作和投放下水，简直是随心所欲。

所谓麻秆船，意即用麻秆为材料制作而成的船。这里说的麻，是一种灌木植物，学名叫苎麻，本地乡亲把野生的称为真麻，把种植的叫作腊麻。这是一种有着修长茎秆的植物，因其对人们的生活有着极高的价值，故在农耕时代的江南农村，这种植物比较常见。麻叶营养丰富，可做牲畜饲料；麻根具有清凉解毒疗效，可治疗疮等。对人们使用价值最高的部分则是麻秆，从麻秆上刮下的麻皮，经脱壳、脱胶、清洗、晒干，留下的纤维体，可加工制作成麻线或麻布。

在社会生产力低下的年代，贫苦大众脚下穿的布鞋就是用麻线来纳鞋底，身上穿的衣服也是用麻布制成的布衣，故在古代，普通老百姓被称为"布衣"。

每到秋季，各家父母把从山野里收割回来的腊麻处理完毕后，就把剩余的麻秆晒干当柴火烧。晒干后的修长麻秆外强中干，重量轻，漂浮于水，实为小孩子制作船模玩具的最佳材料。此时，小孩子们个个都成为造船的能工巧匠，天马行空地发挥着自己的聪明才智，裁取一段段粗细、长短不一的麻秆，以一截截细竹短枝当榫卯，搭建出一只只或是重楼叠阁的船舫，或是威武的舰艇，或是简单粗放的排筏，形态不一，不胜枚举。

四

"平岸小桥千嶂抱，柔蓝一水萦花草。"家门前的小溪，清澈如一条白练，婉转地拂过春柳、潜越冬雪。

与水为邻的山野孩子，一江溪水是他们玩耍嬉戏的天然乐园。一泓清溪是他们眼里乘风破浪、直济沧海的航程起点。

风和日丽、天朗气清的日子，呼朋唤友，邀上同院三五伙伴，手持一沓早已做好的纸船，抑或小心翼翼地捧着好不容易才搭建完工的麻秆船来到溪岸埠头。一群叽叽喳喳的小孩子蹲在高出水面只有几厘米的大块平滑的青石板上，用手撑开纸船底部，嘴里喊着"一、二、三"，同时放船入水，纸船飘飘荡荡，星星点点，随波逐流，似一支远航船队，浩浩荡荡地开向远方。

纸船里，元宝船是最易倾覆沉没的，因其船舷两侧位置极低，漂流中若遇一个小漩涡或一朵小浪花，小船就极易进水翻覆，故元宝船只适宜在风平浪静和水流平缓的河段下水。

放纸船，就少不了比赛，看谁漂得更快、更远。有的纸船从上埠头下水，到下埠头就沉没了，它的生命有如昙花一现，上下埠头间十几米的距离，便是它的一生了。有时求胜心切，捡颗石头扔在船后，想推波助澜，让自己的小船漂得更快。孰料事与愿违，过大的波浪一下就把小船掀翻，此时唯有用一声

"哎呀"来掩饰内心的懊悔了。

比起纸船，麻秆船在构造上要复杂得多，外观也更高大气派。纸船下水，任其漂流，是一次性的，而麻秆船不仅可重复利用，多次下水，还可装上动力装置驱动行驶。

麻秆船下水，因船要回收，人就高卷两条裤腿，从浅滩处踩石入水。也因其比纸船耐泡坚固，故也可在水流湍急处放行。把船放入水中，船也是随波逐流。有的船因搭建得比例失调、重心不稳，刚一松手，就翻覆入水，这时你就得把船打捞上岸，再去仔细研究与改进了。也有时眼看着船被急流冲进乱石，自己啪啪啪地迅速踩水跑过去，想抢救回来，结果还是跑不过流水，到底晚了一步，在船与石头接触的刹那间，小船已被撞得支离破碎。精心制作的作品一下子毁于一旦，主人心痛得直怪自己没有轻功水上漂的敏捷身手。

在缓水区放麻秆船，有时我们会在船尾底部左右两根的粗杆支架上套上一圈橡皮筋或松紧带，在皮筋中央绞上一小段薄竹片，旋转竹片，让竹片适当绞紧皮筋，手一松开，竹片就噗噗噗地快速旋转击水，水推船行。

五

"闲云潭影日悠悠，物换星移几度秋。"时光似流水，兜兜转转间，盈盈春波里起航的小船早已搁浅在流年的彼岸，那些满载欢乐的童真与灿烂的春华，也早已散落在岁月长河里的一个个渡口。

秋黄夜影里，剪一段烛光，来照亮我的星辰大海；捡一个光阴故事，来温暖我的人生驿站。

旧影依稀故园声

青山翠翠，流水潺潺，鱼翔浅底，鹅戏清潭，这是我故乡的水色山光。

村前虽有条依山新建的盘山公路，但每次回去，我还是选择沿溪曲行的那一条老路。

青碧潺湲的流水、花红柳绿的夹岸，这样的景致不仅能让我赏心悦目，更重要的是，只有双脚踏上这条铺满时光底片的老路，才能让我更加亲近故乡，才能让我深切地感受到她的呼吸与脉动。

在我的眼里，宽窄街巷是故乡铺陈的经脉，涓涓细流是她流淌的血液。

小溪与老路，珍藏着我童年的许多印记，走近它，闻到那些熟悉的气息，就会让我周身紧绷的神经瞬时松弛下来，仿佛我面对的是一位看着我"生于斯长于斯"的慈祥长者，让我油然生发出一种舒畅感与亲近感，让我有一股想诉说的冲动。

小溪与老路，从村头到村尾，蜿蜒逶迤，相依相随。

每每走到村头与邻村的交界处，看到路边那一排低矮斑驳的旧瓦房，就会情不自禁地想起这里曾是村里的碾米厂，那"轰轰轰"的碾米机声仿佛又在我耳畔回响。

童年时期，我所在的村是一个人口众多、处于交通要道上的村庄，时为柏岩乡政府所在地。二十世纪七十年代，农村尚处于贫穷落后的状态。人们以生产队为单位，集体出工，收获的粮食则按每家出工所挣的工分分配。

千年以来，人们对稻谷、玉米、小麦等粮食的加工都是借助水碓、石臼、石磨等原始工具的舂磨来完成脱壳或成粉的。

不知从哪一年起，村里在村头路边建起了一家碾米厂，这也是我们当地的第一家碾米厂。

自从有了这个碾米厂，乡亲们碾米就省事多了，不用全家总动员老少齐上阵，又是舂又是磨，费时费力地干了。最让大家称道的是机器碾出来的米和面，色泽更加白净好看，口感也比以前更加好吃。

我家所在的四合大院里有一只石臼和一台石磨，这是我爷爷奶奶置办的家当之一。往年，很多街坊邻居会隔三岔五地来我家借用，舂磨声夹杂着闲聊声，一派喧闹的场景。

自从有了碾米厂后，院里一下子就冷清了很多，从门庭若市变为门可罗雀，石磨也仅仅成为磨豆腐的专用工具。印象中的碾米厂是定时开放的，到了开放那天，村民们把晒干的稻谷、玉米或小麦一箩筐一箩筐地挑进碾米厂，按加工种类的不同，都自觉排队等候。

我曾经无数次地跟随父母来到碾米厂，这里吸引我的有柴油机令人震撼的轰鸣声，有弥漫室内外浓郁刺鼻的柴油味，更有让我钦佩不已的碾米师傅岩兴叔娴熟操作自如的技艺和他那份从容不迫的淡定。

碾米时，排队轮到的村民与岩兴叔一起抬起箩筐，把谷子倒入约有一人高的机器上方的料斗里，打开进料开关，料斗里黄澄澄的谷子像被张开大嘴的怪兽吞进肚里一般，渐渐地沉没、消失。

从机器正前方的下部出口，第一轮出来的是谷米混合物。在机器的侧面，有一只鼓着气的粗圆布袋，很多淡黄色的粉末经由布袋，被喷进用来承接的箩筐里，这粉末就是稻谷的外壳被碾成的细糠。

在机器的后方还有少量的碎杂米屑出来。

碾米要经过两轮加工，第一轮出来的只是谷米混杂的半成品，把半成品倒进料斗进行第二轮加工，这样出来的才是我们所要的白花花的大米。

碾米过程看似简单，只要倒进谷子，出来的就是大米，其实不然，碾出的大米好坏跟碾米师傅的技术有很大关系。

你可以看到，在第一轮谷米混合物出来时，碾米师傅就要时不时地抓起一把查看，我想他这样做的目的是要根据碾出谷米的状况来相应地调节机器吧。

每次站在机器旁观看，全身落满粉尘的岩兴叔总会在我看得入神时，冷不防把沾满粉尘的手在我的鼻子或脸上抹一把，此时的我就会尖叫一声快速躲到父母身后，岩兴叔和父母就会一起开怀大笑。

碾米厂内，充斥耳际的虽然尽是机器的喧嚣声，但置身嘈杂环境的乡亲并没有表露出一丝一毫的厌恶与反感，相反，他们像是在欣赏悦耳动听的赞歌一样，面露欢愉。

现在想来，身处穷乡僻壤的乡亲当时流露的应是家中孩子吃上白米饭的满足与丰收后的喜悦之情。

碾稻谷与碾玉米、小麦的机器不是同一台，碾面粉要更加精细、复杂，抛开机器结构不说，至少在加工工序上肯定复杂得多。

我们生活的农村山多田少，是江南典型的"七山一水二分田"。玉米对山地的适应性极强，所以被广泛种植，在当时山沟农村的粮食作物里占据着主导地位，故碾米厂平日所加工的粮食多为玉米。

我们吃的一日三餐，玉米是主食，几乎只有中午那餐才能吃得上香喷喷的白米饭，而早晚吃的不是玉米糊、玉米疙瘩，就是玉米饼。

由于小时候玉米吃得实在太多，简直吃怕了，导致如今在外应酬吃饭时，饭店端上一盘黄灿灿、品相极佳的玉米饼，朋友两眼放光，都抢着吃，我却兴味索然、无动于衷。

碾米厂的出现意味着社会的进步、民生的改善，机械产品在农业领域的应用和逐步深入，也标志着传统农业向现代农业的转变和发展。

碾米厂给山村带来最大的好处，就是村民们夜晚基本告别了蜡烛与煤油灯。碾米厂运行一段时期后，村里给家家户户架上了电线，装上了灯泡，从此碾米厂白天给村民们加工粮食，晚上则发电给村民提供照明。

至今我还清晰地记得，在碾米厂墙外有一口热气腾腾的水池，那是给柴油机循环使用的冷却水。还有在晚上我们伏案做作业时，头顶一直明亮着的灯泡会突然忽明忽暗地闪动三下，传达着即将拉闸、停电、熄灯的暗语。

时光荏苒，如今百姓已步入不愁吃穿的小康社会，老家的碾米厂亦如隔路相望的东溪水，逝者如斯。

站在风清水秀的溪岸，我希冀流水带走的是那不堪风雨乱红尘的过往，留住的是水光潋滟的晴空和陇上踏歌的沃土。

看 鸡

二十世纪七十年代的农村，还处于生产队集体出工的"一大二公"的人民公社时期，当时土地、耕牛等生产资料为集体所有，但诸如猪、鸡、兔这样的小禽小畜在每家每户养殖一些也是允许的，故平常饲养这些家畜的主要任务就由我们这些尚未成年的孩子承担。

在人们自己都缺衣少食的年代，要给鸡投喂精良的饲料是不可能的，给的也只是一些谷糠野草之类的杂食而已。

每年七月，夏季来临，早稻成熟，空气中到处飘散着特有的稻香。

黄澄澄的稻穗，沉甸甸地随风摇曳，滚滚的金波在错落叠交的阡陌间向乡亲们傲娇地展示着。

这个时节的乡亲们是最喜悦也是最劳累的，要忙着抢收成熟的早稻，随后又要抢插晚稻秧苗，这正是农忙的双抢时节。

农忙时节人累，鸡却像过年一般享福，它们可以被人们送到收完稻的田里，吃掉落在地上的谷粒，这就是本地人俗称的"看鸡"。

看鸡是在早上或傍晚时分，中午过于炎热，人、鸡都受不了烈日的暴晒。

记得那时的早晨，在四合大院此起彼伏的公鸡打鸣声中，我隔壁的邻居朝水公就会喊当时只有七八岁的我起床。

我有时眼睛睁不开，想再睡一会儿，父母就会拉我起来，如果再磨蹭着不开门，阿公就会来拍我家板门。

在板门吱呀吱呀的开启声里，院里出工的大人和要看鸡的小伙伴都纷纷走出家门。此时天色蒙蒙亮，人们睡眼惺忪。被关在鸡舍里的鸡听到人们的响动，也咯咯咯地躁动起来，它们感知到美味佳肴即将到来。

把竹条编织的圆形鸡笼拎过来，掰开笼门，使其正对着鸡舍，鸡舍的小门一抽开，鸡就争先恐后地往鸡笼里钻。

待鸡全部钻进笼，盖好笼门，阿公就用扁担，一头挑起我家鸡笼，另一头挑他自家的，迈步往外走。

阿公人慈心善，念我年幼，和他一起看鸡，他都会帮我挑鸡笼。我随着阿公一路蹦蹦跳跳地走向空气清新的山野。

路边草丛上的露珠如珍珠般晶莹透亮，早起的鸟儿在枝头跳跃，田里嘹亮的蛙鸣诱惑着山鸟时不时地发出几声或婉转或清脆的鸣叫，忽上忽下、忽远忽近的，仿佛一首环绕立体声的田园协奏曲在清幽的山谷间回荡。

把鸡笼挑到稻田，笼门一打开，鸡就迫不及待地冲出笼门，四散去寻找吃的。

一丘田里来看鸡的往往有十几人，鸡有六七十只，田间如举办鸡的嘉年华，热闹非凡。

鸡放出寻食后，有的人会挎只小箩子去附近正在割稻的田里去捡谷穗（本地话叫"捡谷头"），若跟随收割稻谷的人跟得太近，免不了还要遭他们一顿训斥。

而对于我们这些不懂事的黄口孺子来说，看鸡时间就是我们玩耍的欢乐时光。在稻田里，我们三五一群，或玩"钉钉子"游戏，或追逐跳跃在上下田埂之间，或唱"长毛花红乃乃"等油口歌，或干脆用一把把稻草铺地，在上面再搭个能遮阳的稻草屋，躺在松软的散发着泥土清香与草香的稻草屋里闭目养神。

碧空下，群山青翠，稻浪金黄；阡陌间，孩子戏耍，农人挥镰。砰砰的打稻声，犹如铿锵有力的鼓声，有声有色的牧野欢歌响遏行云。

"人分三六九等，肉有五花三层"，鸡亦然。有些鸡聪明惹人爱，等吃得脖下的胃撑得鼓鼓，就会自行归笼，无须费力去找，这种鸡称得上鸡中的"博士鸡"。

但倘若你养上那种"草堂鸡"，就该头痛欲哭了。此鸡对青蛙、螳螂情有独钟，一看到就眼睛发亮，要追着啄进嘴里成为美味佳肴方肯罢休。这种鸡让你不得安宁，要时刻提防它因追赶青蛙、螳螂而跑丢了。

另外还有一种别人看着"赏心"，自己看着"伤心"的鸡，这种鸡就是传说中的"公鸡中的战斗鸡"。

"战斗鸡"的鸡冠鲜红坚挺，鸡喙锐利如鹰嘴，腿粗而长，爪尖而利，两翼毛羽光鲜亮丽，尾羽修长高翘，身材高大威猛。对于这种威风凛凛的"战斗鸡"，其他鸡一般都会敬而远之，不与它争抢食物。但古语有云"硬树自有硬虫钻"，它有时也会遇上一只不相让、不怕事的鸡，此时犹如两个脾气暴戾、一言不合就开打的地痞，只有靠"战斗"才能一决高下了。

只见两鸡怒目圆睁，鸡脖上一圈竖起的短羽宛如圆形盾牌，尾翎示威般高高翘起。两鸡忽上忽下、翻飞扑腾，用尖喙相互攻击。

此时，边上就会围拢一众不嫌事大的看客，有顿足的，有拍手的，一阵高过一阵的助威声响彻田野，恰如古人诗中描绘："知雄欣动颜，怯负愁看睢。争观云填道，助叫波翻海。"

此时鸡主人听闻呐喊声料定自家鸡又惹是生非，急忙赶将过来，生怕它打斗受伤，上前飞起一脚踢走对方那鸡。对方主人看见自家鸡被狠狠踢飞，心疼地上前理论，一不小心就把脸红脖子粗的动口争吵，升级为你推我搡的动手打斗，简直是"你方唱罢我登场""一波未平一波又起"。

待鸡脖鼓胀垂挂，看鸡的伙伴就会拿来一捆捆稻草，呈八字列开，竖放鸡笼两旁，而后张开双臂，在"归笼归笼"的长腔短调中，把自家鸡一只一只赶回笼里。

在云开雾散、彤日冉冉的早晨，在天色暗淡、日落西山的傍晚，看鸡的我们挑着一笼笼沉甸甸的鸡，快步走回"暖暖远人村，依依墟里烟"的村庄。

牛衣岁月捡鸡粪

我曾跟孩子说起自己童年捡鸡粪的经历，孩子惊诧不已，甚至匪夷所思，怀疑我是从古代穿越而来。然而这是我千真万确经历过的。

岁月悠悠，时光回溯，二十世纪七十年代初，一个缺衣少食的年代，缺粮买米需粮票，穿衣买布要布票，出趟远门要带介绍信，暗地做点小本生意被发现，要按投机倒把罪论处。

我的出生地在浙江一个小县城的山沟里，田少山地多，一年三百六十五天三餐皆以玉米为主，玉米糊、玉米饼、玉米粿等，玉米变着花样做。

其时水田与山地归生产队所有，乡亲们集体出工，作物收成由生产队统一分配。土地虽属村集体所有，然每家每户亦能通过抓阄方式分到少许山地，此所谓"自留地"——供农户自己随农时种些果蔬杂粮，以充作果腹之口粮。

农村因几无商业贸易，致村集体与农户亦无经济收入，能交易而得以卖钱的，只有好不容易饲养的猪和兔毛、鸡蛋，拿到公社收购站换取几张钞票。

当时各种农作物的亩产也低，土地贫瘠，无资金购买促进庄稼生长的各种化肥，生产队所施肥料皆是农家有机肥，或是小队牛栏里的牛粪，或是农户家的猪粪，再者就是本地叫"醒缸"的茅厕内的人粪，乡亲们叫它真肥。

记得从各农户家挑出的每担臭烘烘的屎桶里，都要插一支测量浓度的比重计，浓度愈高，说明肥力愈大，也愈值钱。

据姐姐说，给队里的人粪，每担大概可卖个五毛至八毛钱，而当时一个劳力外出劳作一天，汗流浃背忙到晚，也只能挣到五毛钱上下。人粪对乡亲们的宝贵与重要性可见一斑，因此大家都趁机尽量多挑一些到队里。

在那个生活困顿的岁月里，作为教书匠的父亲白天须在村里学校教书，家里农活几乎由二十来岁的大姐与十六七岁的二姐包揽。她们下田插秧割稻、上山砍柴伐树，山路崎岖陡峭，可怜我的两个姐姐，风里雨里，严寒酷暑，一介女儿身凭不服输之个性，辛勤劳作，到年末小队分红，硬是做到我们家有余粮分。

敢为人先的大姐通过自己的努力和过硬的本领，当上了全乡唯一的女民兵连长，真是巾帼不让须眉！

抚今追昔，内心总会泛起涟漪，百感交集，既为两个姐姐在艰苦岁月里的辛劳与付出感到心疼与无奈，也为自己曾受到姐姐们的呵护和宠爱感到庆幸与感激。

那时自己尚幼，约六七岁，懵懂小儿一个，只能望着家里大人忙进忙出，帮不上忙，顶多能做点轻活，譬如挑鸡笼出去看鸡、给家养牲畜拔草等。有时也会跟随父母与姐姐，一路嬉笑欢跳，去往天蓝蓝、风徐徐、树青青、水潺潺的"闲坑""仰天湖"，到分散在各个山头的自留地掰玉米、挖土豆、挖番薯……

因粪肥几乎都挑去生产队卖钱了，自个家种的各种农作物由于土壤贫瘠、肥力不足，长得都是稀疏纤瘦，产量低微。

其时，天足够蓝，水足够清，夏足够热，冬足够冷，其他生活万物却极其匮乏。

那年某日，见同村俩小伙伴，一手执畚箕，一手执竹钩，来到我所在的四合大院，钩拾院内星星点点的鸡粪，不觉满腹狐疑、大惑不解，便上前询问，拾这脏兮兮的鸡粪有何用，答案是积累起来晒干后当作肥料给庄稼施肥用。是哟，庄稼施上肥后，岂不就能苗壮多产了，我怎么没有想到呢？这事我也可以做呀！于是决定仿而效之。

想到自己一个人做这事，觉得孤单又害羞，便去找院中对门同龄小伙伴珍，想怂恿她和自己一起捡鸡粪。想不到珍一口答应了，我原本忧虑忐忑的心，瞬间开朗欢乐起来了。

她立即拿出家里的木畚箕，比画试了几下，感觉太过笨重，不方便携带和使用，我家的畚箕亦是同样。

我就提议自己动手用硬纸板做两个小巧轻便的畚箕。

小孩子的心，总是冲动的，两人迫不及待，说干就干。

我找出家里一大张发黄的硬纸板，在小孩子折方块玩纸片、视香烟纸壳为宝物的年代，家中要是拥有如此一片纸板都实属不易，尤显珍贵。

为防剪错而浪费纸板，我拿出父亲从学校带回练毛笔字的废报纸用来折叠打样。

翻翻折折，修修剪剪，一通捣鼓之后，依样画葫芦，然后再找出母亲纳鞋底用的大长针与麻线，把纸板缝合固定。

箕斗做好没有把柄，又找来一根大拇指粗的豇豆笆竹子放在门槛上，用柴刀砍取约半人高的一段，从竹子一端中间劈开至巴掌深度，把它夹进箕斗后壁的中间部位，再用针线把纸板与竹子部分紧紧箍住，一只小巧玲珑的畚箕就这般大功告成。

如此这番，重复一次，亦顺利完工。两人欢呼雀跃，一人拿着一只畚箕就冲到院中走廊，找到鸡粪，欲即刻检验劳动成果，却又一下傻住了，没有钩子，难道用手扒？两人一阵哄笑，赶紧回屋再做钩子。

找到做把柄剩下的一截豇豆笆，噼里啪啦又是一阵劈一阵刮，两支长短宽窄正好的竹条，裁取完毕。

这时又面临一个新问题，竹条要如何折弯成钩呢？一端稍作弯曲，一放手就又弹回原状。

思来想去，两人一时束手无策。苦想之中，看到院角一双挑土用的大竹筐，顿时眼前一亮，计从心来：做篾师傅做簸箕的弓形竹柄时，不都是把竹条放在火上，边烤边折弯的吗？

我马上把想法告诉珍，让她去找一把干稻草拿到院子中央。

火生起来后，我像模像样地学着做篾师傅的手法，把豇豆笆一头放在火上烤，未料都以失败告终。

失败的原因后来我们也找到了，做篾师傅做簸箕用的竹料是新鲜毛竹，新鲜毛竹因内含大量水分而具韧性。可是豇豆笆因长久插在野外，经长期风吹日晒，竹子内部的水分早已尽失，已发干发脆不具韧性了，经火一烤，要么烤焦着火，要么一掰即断。

失望之余，我们只能把烧饭用的柴枝去枝留丫，勉勉强强，做了两个钩子。

后来大姐从山上给我带回几株新鲜竹枝，帮我做了一个轻巧好用又完美的钩子，一直用到我上小学为止。

在心素如简、人淡如菊的纯朴岁月里，我与发小珍时常拿着簸箕和竹钩，从村头至村尾，走街串巷、挨家挨户捡鸡粪。

在我们眼里，鸡粪不是恶臭难闻、避而远之的东西，相反我们还争抢着捡拾，把它变废为宝。

鸡粪日积月累，日渐增多。我们把它晒干，敲成粉末，垒成一堆，随时供家人拿去施肥。能为家里帮上一点小忙，那种自豪感与成就感，如雨后的麦苗般悠然生长。

在道情清透婉转的唱念声中，在鼓词抑扬顿挫、铿锵有力的说唱里，在叮叮当当"解狗踏米"（让驯过的狗在打击乐器上用前脚拍打）的欢笑中，在长街短巷的袅袅炊烟里，时光已悄然流逝。

在一天天捡拾点点鸡粪的同时，我们亦捡拾着一根根鸡毛，这鸡毛可是我们辛苦的福利。

那时有一个常年走街串巷、吆喝"鸡毛换糖"的老人，他是邻近村黄溪滩人，名叫玉台。每逢他吆喝着"敲糖——敲糖——敲糖"、咚咚咚摇着拨浪鼓由远及近时，院子里的小伙伴一下子群情激昂，纷纷拿出一把把平日积攒的鸡毛，高声叫着

"换糖换糖"！

　　未等伛偻蹒跚的玉台放下装着针头线脑和糖板的担子，猴急的我们已把他团团围住，争相把手中的鸡毛递给他，生怕落后了换不到糖吃。

　　轮到换糖的人则双眼紧盯担上的糖板，嘴里一再央求："多敲一点，多敲一点。"

　　玉台手中拨浪鼓的咚咚声，以及锤铲与糖块碰撞发出的当当声，是我们孩童时代最动听的歌曲。捡拾鸡粪和鸡毛换糖更是孩子心中最欢乐、最美好的画面。

　　时光荏苒，转瞬之间，岁月的年轮已悄然在额头上碾过一道一道印辙，世纪之风早已吹走"视粪土如金钱""一地鸡毛"的岁月。

　　如今，身居高楼大厦、不愁吃穿、开着私家车穿行在城市街头的我们，却又开始向往着往昔土墙灰瓦、粗茶淡饭、恬淡安然的农村生活，这究竟是对时代高速发展后的反省，还是对返璞归真生活的向往呢？

　　人生如茶，品过才知浓淡；生命如途，走过才知深浅；时光如流，愿你我懂得珍惜！

童年的纸飞机

秋到，风起。

夏花的灿烂尚未褪尽，不知不觉，梧桐的秋黄已飘落眼前。时光的步履是如此匆匆，江南、塞北，拂过春花、踏过冬雪。

"白云升远岫，摇曳入晴空。"

仰望之间，一架飞机从天际掠过，留下长长的一线白痕。

云霞朵朵，停于远山之上，脉脉地注视着人间的苍翠，宛若父亲透彻的眼睛，这让我想起了他的温情。

空天飞翼，划过天际，又让我想起飞过童年时空的那架纸飞机。

父亲中年得子，故对我宠爱有加。

我亦如他的影子，形影相随。

六岁那年，父亲被调到一个叫下赵的山村教书，我亦跟随前往。

印象中被当作校舍的是座筑有围墙的土木结构的老旧大院。

记得那是一个春日的傍晚，日暮乡关，炊烟袅袅，斑驳的校舍、青黛的山峦在余晖的映照之下仿佛一袭婉约的素衣，晕染了一层浅浅的桃红。

放学后的学校没有了琅琅的书声与嘈杂的喧闹，偶有停在屋脊灰瓦上休憩的鸟雀发出一两声叽喳的鸣叫。

一棵高于院墙数米的老泡桐树独倚于墙角一隅，灰褐色盆口粗的主干布着条条裂纹，看似年迈沧桑的一位老奶奶，其实却是春心不泯的老来俏，繁茂的枝冠上缀满淡紫色的桐花，一串串，一簇簇，一层叠着一层。

满树的桐花散发着幽幽的清香，又如一位丰腴优雅、风韵犹存的贵妇散发着淡雅的香水味道，恬静安然地立于春天的晚风里。

此时，空寂的学校里只留下父亲和我两个人。

父亲在昏暗破旧的宿舍里戴着一副老花镜，正伏案批改着一摞摞的学生作业。

我蹲在天井的空地上，用枝条拨弄着在苔土上爬动的蚂蚁。

许是一个人玩久了觉得孤单无趣，就进屋缠着父亲让他陪我玩。

父亲放下手中钢笔，说那就教你叠纸飞机玩吧。

父亲把我抱起来，坐在他的双膝上。他拿起手边的一张废纸，只见他将纸对折了一下，然后两边沿中线各折了一个三角，再往中线并拢，接着把两边分别向外沿中线压平，一架纸飞机就这样大功告成。

我央求父亲帮我再叠几只，父亲则让我自己学着做。

在他的指点下，很快我就学会了叠纸飞机，而且三下五除二地接连叠了好几只。

父亲夸我聪明，然后又提笔在纸飞机上一一写下我的名字，并让我和他一起到外面的院子里放飞。

我欢呼雀跃着和父亲来到室外。

夕阳薄暮下，野烟村山里。一架架纸飞机伴着欢声笑语，从我和父亲手中奋力地飞出、腾跃。

此景成追忆，故情暖人心。时光飞逝，四十余年过后，我亦是两个孩子的父亲。

霜染青丝的我，回首当年的情景，在父亲慈爱的双眸里，不只有一架架腾飞的纸飞机，其中应该还蕴含着对儿子满满的美好的希冀。

纸飞机，曾带来许多的欢乐给童年的我们。

在我老家的四合大宅院里，我们一群黄毛小儿常常在回廊上、天井里进行纸飞机比赛，看谁的纸飞机飞得最高、最远、最久。

一群小孩一边喊着"磨磨光，磨磨亮，送你上天到月亮"，一边将纸飞机平展的双翼在脸上快速地滑动摩擦，而后还不忘用嘴巴对着机头哈上几口气，仿佛被摩擦后吸附"哈气魔力"的纸飞机真能飞到月亮上一般。

比赛总要分高下，赢的高举手臂摇动着纸飞机，洋洋自得地嗷嗷欢呼着、蹦跳着，输的则一脸沮丧，不服气地叫嚷着再比试。

倘若屡试屡败，就会愤愤地用力撕毁纸飞机，把一捧纸屑扔向天空，然后找纸再做，重来比赛。

这种尖头、宽尾、大双翼的纸飞机，因其机身面积大，飞翔时遇到的空气阻力也大，所以很难飞高飞远。

不知从何时开始，一种改良款的尖头、窄尾、长机身的纸飞机被某个天才少年开发出来了。

这种纸飞机我们把它叫作战斗机，也叫作火箭，其最大特性是借助弹力发射，飞得又快又高又远。

它的奇妙之处在于，机头部位有一个往后倾斜约三十度的凸起尖角。起飞前，用左手的拇指和食指捏住机尾，右手拿一橡皮筋勾住凸起的尖角，用力拉长橡皮筋。左手两指一松，这架战斗机就如离弦之箭，嗖的一声发射出去。真是"激箭流星远"，"欲与天公试比高"。

岁月如梭，时光机已驶入新世纪的浩瀚星空。

新生代的孩子十之八九不知纸飞机为何物，更不会自己动手去制作这些简单的玩具，只知道宅在家里拿着手机在网络世界里玩着一个个虚幻的游戏。

他们这一代的童年，比我们的童年过得快乐、有趣吗？我看未必。

千金难买童真，最难忘怀童趣。真心希望孩子们都能有一个多姿多彩、天真烂漫的童年。

萧萧的秋风，总让人感叹逝者如斯，感怀如烟流年。

教我做纸飞机的父亲早已驾鹤西去，他没能坐上一次飞翔于天际的真飞机，这是作为儿子的我一生都无法弥补的遗憾。

"淡看世事去如烟，铭记恩情存如血。"想起山村学校，想起纸飞机，想起那辆二八自行车的后座，想起连续多年每天不间断地为我煎药的父亲……

父爱如暖阳，照我心田。

晚晴雀咏忆沧桑

晚晴，秋凉。

蜗居读书，见一写麻雀的诗文小品，题为《诗咏麻雀》。说的是清代戏曲理论家、诗人李调元，在朝中为官时，一次公差去江西做主考，公毕回京前，州官在十里长亭设宴为他送行。席间，州官受举子们的请托，站起来说道："久闻主考大人才高盖世，诗追李杜，今日请即席赋诗一首以壮行色，如何？"

李调元请州官命题。这时，正有麻雀在屋檐间跳跃鸣叫，州官便指着说道："请咏麻雀。"

李调元略一思索，便慢慢念出第一句："一窝一窝又一窝。"

众人一听，无不掩口。

李调元又慢慢念道："三窝四窝五六窝。"

有人再也忍不住，笑着问："主考大人，这也是诗吗？"

李调元毫不理睬，悠然接着吟道："食尽皇王千钟粟，凤凰何少尔何多！"

这两句一出，众人无不惊讶，都觉得如异峰突起，有起死回生之妙，同时又觉得辛辣讽刺，因此个个都难堪不已。

如此颜面斯文却又暗含讥诮的诗作，读后，不禁为李调元的学养与机智拍案叫绝。

麻雀诗咏，让我想起了那些年关于麻雀的事。

二十世纪六七十年代，一种短密灰褐毛羽、叉状尾翼、矫健机灵的小鸟，可谓是农村数量最多的鸟类，这种鸟就是人们通常所说的麻雀，在我老家的方言里，大家叫它"麻贼"。麻雀在当时人们的印象里，可谓声名狼藉。这种鸟不光相貌平平，没有野鸡那样亮丽可人的外表，其叫声也是嘈杂纷乱，给人以烦躁的感觉，丝毫没有布谷鸟那样悦耳动听的韵律感。最遭人恨的是，"麻贼"有偷吃农民庄稼的坏习性，直接导致它们与老鼠、苍蝇、蚊子一起，曾被冠以"四害"之名。

在社会生产力低下的农耕时代，农民种植的粮食产量不高，他们播下的种子和即将成熟的稻谷、玉米等庄稼，被成群结队的麻雀偷吃、抢吃，造成比较大的粮食损失，这对尚处在贫穷饥饿状态的农民来说，对麻雀产生仇恨情绪，也就不足为奇了。

因此人们想尽各种办法来驱赶它、捕捉它、消灭它。

最常见的驱赶方式是做稻草人。找两根一长一短的木棍，用干稻草扎成人形，戴上一个破斗笠，套上一件旧衣衫。把它竖在田间地头，经风历雨，衣袂飘飘，俨然是一位仙风道骨、身怀绝技的得道高人。只要乡亲需要，稻田、麦地、玉米地，哪里都可以有稻草人的身影，且不受时空限制，无论春夏秋冬，稻草人始终忠心耿耿地为农人站岗放哨、驱鸟赶鸟，可谓是功不可没的粮食卫士。

谷子撒播后，怕麻雀啄食种子（当时农村还未出现遮盖、保温用的塑料薄膜）。另一种驱赶方法是在秧田四周田埂的上方呈井字形拉上一些绳子，在绳子各处系上一些薄铁片、小瓶罐、红布条之类的小物件。

"布谷飞飞劝早耕，春锄扑扑趁春晴。千层石树遥行路，一带山田放水声。"每到春耕育秧时节，村里各生产队会抽出一位社员，专门负责赶鸟看护。那时的我还是一个孩子，不能像大人一样出活挣工分，每天放学后只会拎着一只竹篮子，到野外给家养的七八只兔子拔草吃。每次路过秧田，我都对这个赶鸟活心生羡慕。在我眼里，这活简直是个美差，轻松自在不说，还可以坐在田边树下看小说，只要时不时地拿起挂于胸前的哨子，吹几声，或拽几下身边的拉绳。好奇的我曾向赶鸟乡亲要来哨子，用力吹起，"嘘嘘嘘"，尖锐刺耳的哨声响彻田野，把一群刚落田里准备偷食的麻雀，惊吓得四散飞逃。顽皮的我，也曾隔着陇亩向坐在树下看书入神的赶鸟人喊话："有麻雀！"赶鸟人慌慌忙忙扔掉书本，急忙拉动绳子，田里一阵"叮叮当当"，响声过后，发觉没有一只麻雀惊起，方知我谎报军情，捡一块泥巴扔向我，算作被我戏弄的报复，回应他的则是我的开怀大笑。

立稻草人、吹哨子、拉绳子，这些都是为保护农田作物不受麻雀抢食的驱赶方式。驱赶，算是对付麻雀比较仁慈的手段了，有时人们为了快速消灭麻雀，会把拌了农药的粮食撒在野外，这就造成了大量麻雀陈尸荒野。

在那个"三月不知肉味"的清贫岁月，人们也把猎捕麻雀当作改善伙食的手段。

农闲之时，人们用枪铳、弹弓来猎杀麻雀。看到猎农背着一支土铳，或村民肩扛一管气枪，枪管上挂着一串麻雀，得意扬扬从街上招摇走过，除了无比崇拜之外，还羡慕他家那顿让人垂涎三尺、齿颊留香的雀肉美食。

土铳、气枪因属危险枪械，在当时少有人持有，而巴掌大的弹弓，则不受管控，其制作简单，使用方便，深受人们喜爱。

在我少时的玩伴里，几乎人人都有一两个取用树木枝丫自做的弹弓。课余时间或者假期里，约上三五好友，带上弹弓，到村头学校外那片浓荫蔽日的古樟树林里，用一颗颗小碎石，弹射站在枝杈间的麻雀，结果通常是打下一片树叶，惊飞一群麻雀。或者是一群毛孩子每人装了一口袋的碎石"弹药"，大街小巷地寻找立于墙头、屋檐的麻雀，战果却是几家欢乐几家愁：有人打到了几只麻雀，家人欢欣，可以共享雀肉美食；有人雀毛没打下一根，却被坑洼路石绊伤了脚趾，一瘸一拐地回家，再被家长痛骂一顿，简直倒霉透顶。

还有一种诱捕麻雀的方法比较有趣。拿家里的大谷筛到院子中央，将筛子反扣在地，找一细短棍子，在棍子末端系上一条长绳，用棍子支起筛子，然后在筛子底下及旁边撒上一些饭粒、谷粒等饵料，把绳子引向院子走廊上的水缸或其他遮挡物后，人躲在隐蔽处暗中观察。

冬季，田野里的稻谷、玉米等庄稼都已被乡亲收获归仓，土地荒芜，衰草寒烟，野外少有鸟雀们能吃上的食物。这个时节的麻雀，多寄身于农家屋檐下和泥墙破洞里，它们知道，只有接近人类，才有食能果腹、平安过冬的机会。

冬日暖阳下，幽静庭院里，当毛孩子支起谷筛、撒下饵料诱捕雀鸟时，或多或少，每次都会有所收获。屋檐上一排"叽喳"鸣叫的麻雀，看到地上的食物，会派一只"先锋探子"前去打探。这只"探子"飞临离谷筛稍远处落地，先是机警地左右转头瞅瞅，发现周围无异常，就一边弹跳着小碎步，一边警惕地转动着灵巧的身子观察，在边跳边看的过程中，慢慢靠近食物。屋檐上的麻雀，也没闲着，"叽叽喳喳"声不绝于耳，似乎给底下的这只"探子"打掩护。

躲在暗处观察麻雀动静的我们，看它这副机灵聪敏又贼头贼脑的模样，真有些忍俊不禁，但我们必须敛声屏气千万忍住，此时哪怕我们其中一人或院内其他地方生发一丁点声响，这只"探子"就会迅疾飞离。

抵近饵料的"探子"，先是试探性地啄食一粒，跳跃观察，无异常，再啄取，如此反复几次，再扭头"叽叽喳喳"叫唤几声，好似向其他伙伴通报"平安无事"。高居檐角的伙伴听到呼唤，"叽喳叽喳"地回应几声，旋即有三四只直接飞落饵料区，也是小心谨慎地边观察边啄食。等又一批麻雀飞下且几乎都在谷筛下毫无戒备地啄食时，躲藏着的我们瞄准时机，快速地把绳子一拉，支棍被抽，原来斜倚的谷筛"啪"的一声瞬时盖下落地，筛内麻雀有如《西游记》里误入小雷音寺的悟空，被妖怪扔出的金铙子罩住一般，在里面扑腾乱窜，却始终无法逃脱。冲向谷筛的我们，看着筛下一只只惊慌失措的麻雀，欢呼雀跃。

把抓到的麻雀拔毛、去内脏、清洗，取一青箬叶包裹紧实，等烧饭时放在灶口下方火热的灶灰里煨烤。一餐饭烧好，灶灰里的雀肉也可以食用了。取出包裹，未等拍落灶灰，一股奇香早已扑入鼻中，馋虫迅速被勾起。打开箬叶，香气四溢，焦酥嫩滑，诱人的烤肉，顾不得发烫，一口咬下，哇，真香！美味的感觉从舌尖直达深喉。雀肉太少，几口就吃得所剩无几，雀骨细小，但也鲜香酥脆，细嚼慢咽，舍不得儿一点浪费。大快朵颐之后，幸福感无以言表。在那个缺衣少食的年代，还有什么能比吃上一块肉更幸福的事呢？

"惊风飘白日，光景西驰流。"时至今日，麻雀已从昔日人人喊打的敌害，摇身一变，成了现今的国家"三有"保护动物，如若再捕杀，就要受到法律的严惩，真可谓世易时移，时事易矣。

天高云阔，风语如歌，人类、动物与自然的和谐共生，成为当今人们构建美好生活的共同愿景。山清水秀，鸟语花香，愿自然多美好，人间多良善。

寨溪醉鱼

这里说的醉鱼，并非餐厅里如醉虾的佳肴，而是我童年时家乡的一种抓鱼方式。

我的老家是浙江一个山明水秀的小山村，名为寨口，有一条叫寨溪的狭长溪流从村子边上潺潺流过。

寨溪是由来自多条山涧的泉水汇聚而成，一年四季皆清澈见底。

溪流傍着村边小路蜿蜒流淌，宛如一条随风而动的飘带令整个村庄更加灵动秀美，富有生气。

在夏季，小溪显得更加清凉、明澈，富有魅力。溪水哗哗地冲刷着大小各异的鹅卵石，欢快的黄斑鱼、长岗鱼在卵石与水草间游弋穿梭。

因村子位于山旮旯里，在同工同酬的人民公社年代，山多地少、物资匮乏，缺衣少食，一日三餐的伙食基本都是玉米，不是玉米羹、玉米粿，就是玉米饼，想要吃到喷香流油的肥肉，只能盼着过年家里杀猪。

久不知肉味的老乡们想出打牙祭的方法之一就是醉鱼。

每到夏季的清晨或傍晚，趁着农闲，气温又不高，老乡约上三五好友，去山坡小路旁或溪流岸边采集醉鱼草，那是一种叶片呈披针形、一米左右高的绿色植物。再找到一处鱼多坝大的水潭，把这种草放在脸盆或水桶里，连根带枝叶一起捣碎，弄出汁，撒到潭水中，然后人在潭中尽量大幅度搅水。

过不了几分钟，大大小小的鱼就如喝醉酒一般，先是鱼头朝上浮出水面，昏昏沉沉地摆动身躯，然后渐渐地鱼肚翻白，整条浮于水面之上。

这时，老乡们就可以尽情地动手捡鱼了。这种醉鱼草对鱼没毒性，药劲过后，鱼又鲜活如初了。

潭水自上而下缓缓流动，醉鱼草的药性在流经近一公里的河段都有效。

在溪边埠头洗衣洗菜的阿姆们发现溪里有醉鱼后，就赶紧呼儿唤女拿着簸箕、鱼篓下到溪里捡鱼。

一而三，三而众，如此呼朋唤友，街坊邻里纷纷加入。

于是，在朝阳初升、雾霭尚未散尽，或夕阳西下霞光漫天的溪流中，一众老少乡亲轻快蹚水、俯首弯腰，或借机戏水或手举大鱼傲骄展示。

直到溪水药性散尽，鱼儿不见，人才渐稀。

虽非人人满载而归，但皆有收获。

剖鱼刮鳞，或煎烤或红烧，袅袅炊烟过后，香飘满屋，成了各家各户餐桌上难得的美味佳肴。

如今，山乡村民生活富裕，吃肉吃鱼皆不成问题，以醉鱼方式求得佳肴美馔的岁月已逝者如斯。但那种赤脚蹚在卵石清流里的醉鱼景象及其乐趣，在我心里如浪花朵朵，时常泛起。

远去的老家阁楼

老家，是一颗永不熄灭的恒星，在孤独寂寞之时想起它，总会有一团光亮从心底散开，让我倍感温暖，觉得我与它就像根与土，有一种难以离舍的情愫隐约而又坚韧地牵系着彼此。

老家阁楼上那斑驳隐约的灯火与身影，犹如我生命清流里几尾活蹦乱跳鲜活的鱼儿，时常在夜深人静之时跃入我的梦境。

老家是一座四合院，四面有高大耸立、飞檐翘角的马头墙，内有"回"字结构的天井、走廊与木板房，是典型的明清江南风格大院。

这个大院号称廿间头，原先是村里一户地主人家所建，后来房子收缴归公，分给十几户贫农居住。

因我父亲参加革命、剿匪有功，在这座大院里，我家拥有两间房，其中一间是之前地主家用于开店、位置最好的店铺。以至于后来听我妈说，曾有晚上过路的客人误以为我家还是店铺，敲击木窗要买东西。

这一大院的人家，从中华人民共和国成立初期我祖父辈开始入住，到八十年代初期，经过三十年的繁衍生息，人口曾达到七十多人的顶峰，而我所处的少年时代正是这个鼎盛时期。

院子里，像我家一样拥有两间正房的只有三户人家，其余十多户都只是一间，每间房不到四十平方米。可以想象，在讲究多子多福的年代，一大家子的吃喝拉撒睡都要挤在这区区一隅，是何等拥挤不堪。

不过好在这个院子的构造是两层，上面有一层用木板隔起来的阁楼还可利用。所以几乎每家每户的阁楼里除了堆放稻草、干柴、瓶瓶罐罐等杂物，还搭有一两张床。

我虽出生在缺衣少食、艰难竭蹶的七十年代，但也不觉得生活有多艰苦、枯燥与无趣，在父母及几个姐姐的爱护之下，我在这所大院度过了欢乐的童年。

天井与走廊是我们玩过家家、跳田、滚铁环、打陀螺与追逐戏闹的首选之地，除此之外，大院阁楼也是我们玩耍嬉戏的乐园。

大院阁楼的地面是用长长的厚木板铺成。靠天井一侧，每家都有一扇雕工精美的双开木窗。

推开窗户，大半个院子的风情尽收眼底。

天井里，屹立着两棵枝虬叶茂、高出屋檐的粗壮梨树，是朝水阿公家的。

梨树主干布满青苔、满身沧桑，一枝一丫却透露出一股旺盛的生命力，树冠繁茂，枝丫横陈，几乎覆盖了整个院子。

每年春季，一朵朵娇小洁白的梨花缀满枝头，一只只翩翩起舞的"梁山伯"与"祝英台"也赶来为大院添情增色。

春雨中的大院，灰瓦、窗棂、老树、回廊，别具风韵。

凭栏立，素手挽清风，清风缱雨柔；倚窗眺，一树泛银花，银花映庭幽。

春深庭院，梨花开，梨花落，梨花带春雨，半是欢颜，半是闲愁。忽然想起唐寅《美人对月》诗："斜髻娇娥夜卧迟，梨花风静鸟栖枝。难将心事和人说，说与青天明月知。"大才子笔下描绘的娇娥，心中藏的又是怎样的心事与忧愁呢？

回形大院，人上阁楼需经过左右厢房边上的两条公用楼梯。

黝黑的木质楼梯呈五六十度斜靠阁楼。梯子的每一级台阶都是用厚厚的硬木板构建，给人一种厚实稳固之感。

有时我们小伙伴闲来无事，就会分成两拨等数人马，分别站在两边阁楼木梯顶端，在左右等距的轩间走廊位置站一裁判，裁判一声令下"开跑"，只听得楼梯咚咚咚的声音急剧响起，左右两人跑向裁判。

每一次跑输的人要被对方拉着手脚使劲在地上磨屁股，孩童们开怀大笑之声一阵阵地在天井、走廊上回荡。

大院的每间阁楼其实是互联互通的。

在靠近天井窗户一侧，大家自觉留出一米多的宽度作为公共通道。

阁楼之间的隔离，家庭条件稍好的，简单粗放地在立柱之间横竖钉上几根松木棍子作为隔栏，或者再钉上几条木板，或者竖着码上一捆捆的干稻草作为屏障。

而多数人家则是在相邻之处杂乱地竖立一些毛竹、粗树枝或几捆干柴和稻草。

阁楼的摆设，各家大同小异。在靠青砖外墙的小窗户边摆上一个用于存放稻谷的长方形木谷柜，谷柜边上则是一张用木板简易搭设而成的床，人口多的人家则挨着搭两张床，谷柜与木床紧紧挨着，这样放置的好处是谷柜可以当成桌子使用，夜晚上楼休息时，可以把煤油灯和脱下的衣服放在上面。

从院墙到公共走廊，摆设规律是大件在里，小件在外；值钱的在里，不值钱的在外。

阁楼里，一些高矮胖瘦、形状各异的坛坛罐罐也是每家必不可少的。这些大坛小罐都产自邻乡一个叫吕南宅村的缸窑，有贮存大米的七斗缸，有盛放玉米面的大坛，有装大豆的脚膝坛，有装过年米糖的罐子，还有装梅干菜用的柱子瓶等。

在现今孩子们眼里，这些陶泥烧制的容器，可能根本分不清分别叫什么，可能会通通叫坛或罐。而在当时，只要父母叫我们上楼去七斗缸里取米，年少的我们也决不会掀脚膝坛的盖子去取。

二十世纪七十年代，集体经济下的农村贫富差距很小，所以阁楼上储藏的东西，每家每户都差不多。

大院阁楼虽是互通，但我们邻里之间也从未听说过谁家少了什么、被偷了什么，其时人虽穷苦，但都善良朴实。

时光飞逝几十年，大院邻里淳朴良好的风气让我依然备感怀恋。

阁楼里存放最多的物品是干柴。

每年冬季,大院屋檐下挂满一串串的长冰凌,天寒地冻,生产队少有农活可干。此时,村里大队就会开放几天集体山林,让村民上山砍柴。

这些天的清早,社员们出门的行头是脚上穿着一双草鞋,后腰系着一根插有柴刀的木架,肩上扛着一根臂般粗、两头尖,名叫"担冲"的挑柴棍,一头吊着一团旧绳索,而手里则拿着另一根棍在中途用以借力或者休息。

大家越岭爬山,四处找寻、砍取枯枝烂木。

这些山林平时都是被封山育林的,禁止村民上山砍伐。

大队有两个叫岩汉和阿水的专职看山人,村头村尾、入村要道,他俩都会四处巡查。一旦查获盗伐林木或偷取集体庄稼等行为,没收赃物不说,还要被大队处罚掏钱为村民放电影一场,用来警示村民。

虽是封山,但那时村边几座山岗几乎都是光秃秃的,村民们戏说"一只老鼠跑过都看得见"。所以在当时上百号人漫山遍野寻找枯枝烂木的情形下,要找到合适的柴火,其艰难程度可想而知。

面对这来之不易的"开山"机会,我的父亲和两个姐姐,也和大家一样,早出晚归地尽己所能,尽量多寻获一些干柴回家,以备一年烧饭做菜之需。

各家挑回的这一捆捆干柴,在明堂里晒放几天后,大人们就上阁楼，走近窗户，扔下一个绳钩，让楼下的小孩钩上干柴捆绳。从楼上窗户探出半身的大人奋力拉起绳索，把拉上来的干柴一捆捆码放好。

此时也会有小孩跟大人调皮一下，一屁股坐在柴捆上，双手拉住绳索，想让大人连人带物拉上去，结果被楼上大人发觉，免不了一顿嗔骂，楼下回应的则是邻里的一声欢笑。

不过有欢笑就有哭泣，有时站在底下的小孩被松散掉落的枝干砸到头上，疼得哇哇哭叫，眼泪鼻涕一起流。

阁楼的功用，除了储物收纳之外，另一个重要用途则是安床睡觉。因家庭人口众多，楼下的一间已挤得不能再挤，要再放张床，阁楼便是不二选择。

每到夜晚，一边是三五成群的邻居围坐在某家门口，海阔天空谈兴正浓，另一边劳累了的人们则陆陆续续拿着一盏煤油灯，缓步穿过走廊，走上阁楼去休息。

一团一团幽暗的灯火，在阁楼里移动着、摇曳着，而后又一团一团地熄灭，直至人去廊空，暗夜无影，只留虫鸣。

晚上拿灯上阁楼，人是要格外小心的，可以说要一心三用才可。

有邻居用自制的灯盏照明，没有玻璃灯罩，行走在漆黑有风的院里，必须空出一只手，用手掌护着被风吹得忽忽摆动的灯火，以防被风吹灭。

同时还要注意脚下，以防在楼梯上一脚滑倒或被裂开翘起的楼板绊倒，否则人摔、灯飞、油洒，进而引发火灾。

除注意脚下还要注意眼前，灯火周围的阁楼空间狭小，堆放的又多是干柴、稻草等易燃杂物，举着燃烧的灯盏，一不小心可能就会碰到边上的东西，同样也会引发火灾。

曾记得，姐姐有天夜晚提东西上楼时因煤油灯不慎翻倒而引燃杂物，所幸随行的妈妈反应迅速，拿起大缸上的木盖，一下子盖住燃点，加上双脚一阵猛拍猛踩，幸未酿成大祸。

在我少小离家直至两鬓斑白的岁月里，有关老家的梦里多有老宅阁楼失火，这也许是小时候的担忧产生的阴影。

阁楼，也是我们玩抓"特务"游戏的好去处。

我们在阁楼之间穿梭，藏身于某个柴草堆里。虽有众多柴堆可藏，但"特务"也并不难找，我们可以凭借楼板上咚咚咚的脚步声大致判断出他们躲藏在哪家阁楼。

阁楼角落常年不被打扫，被揪出的"特务"多是灰头土脸的，衣裤上挂着细枝碎叶，"瓦片头"上还黏着灰白蛛网的残丝，一副狼狈不堪的模样。

阁楼地板年久失修，有的一端翘起或裂开，大人们会尽量避开小心走过。而我们小孩并不会顾及这些，我们是一群红孩儿、哪吒，踩着风火轮跑过。

楼下大人出工在外还好，如在家休息，那就免不了一顿斥责："取债鬼，不要跑了！再跑，就上来摺脚骨了。"其实，也难怪他们责骂，只要在楼上跑，就有脏黑灰尘从楼板裂缝处纷纷扬扬地飘落，落到房里床前的桌凳上面。

每到夏天，院子里的梨树上一颗颗青翠饱满的梨子挂满枝头，甚是诱人。

虽然阿公每到梨子收摘后都会挎着大竹篮子挨家挨户分送一些，但总有几个小孩子禁不住诱惑，想办法去偷摘几只来尝。在树底下摘，怕被阿公发现受责骂，所以有时就会留一人在院中走廊放哨，其他人则蹑手蹑脚地登上阁楼，选取某个靠枝丫最近的窗户，伸出竹竿，一竿子打过去，就会有一两个梨子瞬时掉落在地。底下放哨等候的伙伴马上冲过去，迅速捡起几块碎梨，转身就往楼上跑。几个一起"作案"的伙伴，在你一口我一口地分享着香甜脆爽的梨子，简直是人间美味。

阁楼上不仅有我们追逐打闹的身影，也有静谧的时光。

经过沧桑岁月的磨砺，楼顶的片片灰瓦总会留下几处斑驳残碎之痕。

艳阳在天，明亮的阳光穿过瓦缝，斜斜地照进阁楼，楼板上或大或小的光斑如奶奶圆圆的大眼睛，安详地看着调皮的浮尘，在一束束光柱间忽隐忽现。

有小伙伴会拿出家里大人梳妆用的"镜厢"或一小块破碎镜片，变换着角度让光束折射，光影投射在阁楼昏暗的墙壁、柴堆、坛罐上，那忽长忽短变幻着的光柱，犹如电影《三打白骨精》里孙悟空手中伸缩自如的金箍棒。

"浮云蔽白日，游子不顾返。思君令人老，岁月忽已晚。"挡不住的岁月，留不住的年华。

故乡是目光里天空中那抹曾给你绚烂却又飘然远去的烟霞。

远方，陌上，烟凉；心底，曳影，流光……

英英阡陌花草开

跟几个年龄小我许多的朋友在饭馆小聚，服务员端上一盘花草炒粉干，松软油润的粉丝配上片片金黄的炒蛋和缕缕青色的花草，沁香入鼻的味道中夹杂着的青草芳香一下子抓住了朋友们的味蕾，大家伸箸争相夹取的并不是盘中的主角粉丝，而是那羞羞答答藏在粉丝中缕缕的青青花草。看着直呼好吃的朋友们，我心想：你们如今甘之如饴、齿颊留香的美味，殊不知当年可是我们给偏安"天篷"一隅的"元帅猪"们准备的"贡品"呢。

花草，也叫红花草，学名叫紫云英，在我们老家多叫它"草子"，它的叶子是左右对生的椭圆形小叶，如小孩排排坐。它开的花，瓣片向上，花冠犹如一把倒开的紫红色小伞。

现在田野中很少能见到这种植物了，即使见到了，年轻的一代也认不出它叫什么。

在我的少年时代，每逢天气开始回暖的早春时节，家乡农田里经过一个寒冬洗礼的花草开始沐浴着春风，蓬勃生长着，大片大片地冒出新绿来，远观仿若铺在大地上的绿色地毯。

到了三月末、四月初，春风柳上归，檐燕语还飞，农民早稻的秧苗还在塑料大棚里发嫩芽时，棵棵花草已经禁不住春风暖阳的撩拨，纷纷地绽出花蕾，与一众桃红柳绿争芳斗艳。先是绿羽似的叶子露出星星点点的粉红，再经过阳光的注目与亲吻，粉红慢慢变成了紫红，一朵紫红再蔓延成一片片的烂漫。阡陌间红绿相间，微风拂过，朵朵小花犹如一群花仙子，在广袤的原野里轻盈地舞动，与近旁田埂上的那一树树粉红妖艳的桃花，远处那一畦畦金黄的菜花，交相辉映。

一只只蜜蜂也没闲着，嘤嘤嗡嗡地浅唱低吟着，在花草田中忽上忽下，时而振翅飞舞，时而驻足于花蕾。

和煦妩媚、芳菲浸染的缱绻春色，宛如一幅长长的江南画卷，在我的脑海里展开。

那个时节的我，每天放学回家，就与几个小伙伴一起，挎上一只竹篮，去野外给家里养的猪和兔子拔草。

拔满一篮子草，趁风和日丽、天色尚早，就和伙伴们在松软清香的花草田里翻滚、追逐、打闹。

有时用野藤和花草编织一个花环玩"套娃"游戏，一人站立不动，其余人在数米开外往"套娃"头上套花环，套不中的就得从套中者的胯下——爬过，如此这般，黑黑的泥巴和青青的草汁就斑斑驳驳地沾上了衣裤。

当然，我们这些顽皮举动有时也免不了被路过的大人训斥。

在花草田里的水沟里，有时还能抓到一些泥鳅，于是我们就用花草的长茎把泥鳅一条条地串起来，打个结，拎回家，这又是晚饭餐桌上的一道美味佳肴。

长茎绿叶的花草对于我等生长在山区的"70后"来说，着实有一种不一样的情愫。

记忆犹新的一次，正月后的一段时间因气温尚未回暖，野外跃土而出的青草还很稀缺，加之那时家家户户养猪养兔，拔草者众，某一天我和同院的伙伴林金找了大半条山沟的田野，拔的草也没半篮子。

想到家中嗷嗷待哺的猪和兔，不得已壮着胆下到田里偷偷地拔了半篮子的花草，小心做好伪装，提心吊胆地往家里拎。

孰料走到村口时，突然从一棵古樟树后杀出一个"程咬金"——给村里看护山林的阿水公把我俩硬生生地截住，并毫不留情地翻出竹篮底下的花草。

自以为伪装得很好，但终究逃不过"猎人"的法眼，凶悍的阿水公一手一个要拉我俩去大队处理，吓得我俩屁股练地，涕泪横流，嘴里哀求不止。

在一顿训斥教育之后，念我俩是初犯，抑或被我俩哀哀欲绝的真情打动，最终阿水公还是放了我俩一马。

那时村里各个小队播种的花草，除了牛犁翻耕时将其埋在地里，使其腐烂成为绿肥，"落红不是无情物，化作春泥更护花"，还会割下一些分给每家每户。

这时家家门前的石阶上就会整齐地垒起高高的花草，大人们用菜刀从上往下用力地劈出一堆寸把长的花草，然后用簸箕装到墙角的大口缸里。

我们这些半大熊孩子则甘心乐意地站在缸里，嘿嘿嘿地又喊又跳，不停地用脚使劲蹬踩。

待花草装满大口缸，大人们再搬上几块大石头压上缸沿。

用花草压缸的目的是，待到三九严寒、冰天雪地的冬天来临，野草荒芜之时，缸里发酵后的花草就是家里"两头乌"的口粮了。

世易时移，谁曾料想旧日家畜享用的花草今日竟成众人餐桌上深受喜爱的佳肴。

人间四月景绚烂，燕莺婉转歌江南。大地芳菲花草漫，田园娇艳映春光。吞津秀色凡生爱，清浅人间一缕香。

银海浪花

某日，儿子央求我陪他去电影院看电影。

以往，都是姐姐带着弟弟一同去看，姐姐到外地上大学之后，儿子只能转而求我。

我是近三十年没进过电影院了，记得上一次看电影，去的还是位于永康县城溪下街与解放街十字路口那有着高高台阶的老电影院，那时我跟老婆正处于恋爱阶段。

流年似水，岁月如歌，如今老电影院已不见踪影，原址早已被高高耸立的南龙时代购物广场取而代之。而我已为人父，成为头发花白的孩子他爹。

手机上提前订票，自动机上扫码取票，取爆米花与饮料，整个流程，孩子行云流水般一气呵成，毫无生疏之感，许是以前跟他姐姐看得多了，流程早已了然于心吧。

我跟在孩子身后，被眼前装修豪华、灯光璀璨、到处充满现代感的影院大厅所吸引，犹如刘姥姥进大观园，眼花缭乱。

与其说我带孩子看电影，倒不如说是孩子带我看电影。

验票进场，少顷，整个影厅就座无虚席。

毕竟几十年没进影院正儿八经地看电影了，心情竟然有点兴奋。坐在柔软舒适的沙发座上，居于如此高端、大气、上档次的影厅中，观看着前方幕墙上影像清晰、流畅地播放，环绕立体声冲击着耳膜，这一切让我既亢奋又浮想联翩，思绪犹如一部时光机，一下子把我拉回到二十世纪七十年代，我孩童时代看电影的场景……

在那天蓝地黄、一穷二白的岁月，百姓生活清贫单调，平素几无娱乐活动。

乡亲们日出而作、日落而息，沿袭着几千年来中国农民一贯的作息，一切都显得那么平静淡然、与世无争。

劳作了一天，吃完晚饭后的邻居们三五成群，或站或蹲或坐地，聚在一起，眉飞色舞地讲故事或天南地北地聊天，优哉游哉地享受着饭后的慢时光。

到岁末年终时，村里在大会堂里演上两天三夜的戏，那是最隆重、最奢侈的娱乐活动了。不过还有一项消遣和娱乐是平时最受大人和小孩子欢迎的，那就是看电影。在那个平淡无奇的岁月里，看电影成为乡亲们喜闻乐见的一种娱乐方式。一般每个公社都有一个电影放映队，每个月轮流到人多的自然村去放一场电影。

每逢要放电影，村里的大队干部就会用村前山上的大喇叭通知一下。听闻喜讯，很多大人小孩兴奋得连午饭也顾不上吃完，立马放下碗筷，扛起长板凳，冲出家门，急忙忙地往晒谷场跑，欲抢占先机，占据最好的观看位置。

只需片刻，长长短短、高高低低的板凳就被一排排地摆放在场地上。为防自家抢占的板凳位置被偷奸耍滑之徒暗中调换，闲来无事的孩子，就在场地上边玩耍边守护凳子。

临近傍晚，上山下田干活的乡亲也早早地收了工，去村边潺潺的溪流里洗去一身的尘土和一天的疲惫。

这一天，每家每户的晚饭做得比平时都要早，孩子们匆忙扒拉几口米饭，就迫不及待地往场子里赶。有的家庭主妇为了看电影不迟到，连碗也不洗了，反正看完电影回家有的是时间。

放电影的地方一般都选在露天的晒谷场上，除了阴冷的雨天或是寒冷的冬季。

场子上的凳子，虽高矮长短样式各异，但前后一排排地摆放，也是井然有序。

来看电影的，除了本村村民之外，一些邻村的人也会赶过来，有亲朋好友在本村的，自然会招呼他们入座，而其他人就只能站在场子后面或两旁看了。

看电影最快乐的当数我们这些八九岁的孩子了，个个疯疯癫癫，在场子上跑来跑去，有些顽皮淘气的还要把手掌伸到从放映机打出的光柱上，变着手法与花样不停地比画着，挂于前方的幕布上就会显现出"鸡犬相斗""孔雀开屏""哑口背疯"等手影。场子上热热闹闹的，堪比过年。

随着天光暗淡，夜幕降临，电影放映员就会开启放映机，随着胶片轮盘吱吱地转动，光影画面就从翘首以盼的一双双眼睛里一幕一幕地流过。

那时的电影，放完一个拷贝胶盘，要手动换片换盘，卸装完毕，才能继续放映。

在等候的间隙，村干部就会利用这个村民聚集的大好时机，讲一些村规民约或田间农事方面的注意事项。有时嫌村干部讲话长了，有些年长的乡亲就会嘘声不断，不停地催促，逼着村干部赶紧收场。

现在想来仍忍俊不禁的还有另一种有趣的景象。我们公社的放映队原先是由两人组成的电影队，一个主手一个副手，两个人搭档了好多年。不知是放映机老旧出问题还是他俩手法跟不上，一场电影，上下换片，经常要花很长时间。

迟迟等不来续片的乡亲们就哄声四起、骂声不断："阿兴、阿旺，快点儿嘎！""阿兴、阿旺，快点放！"

"阿兴""阿旺"，是我们当地村民对技艺、水平不差上下的师徒的戏谑称谓。有几个性急实在耐不住的就起身挤过人群来到放映员身边，嘴里骂骂咧咧地催促："老童生，换个片要这么长时间啊！快点快点！""你们两个，磨蹭婆娘，在这孵小鸡啊！"

两个手忙脚乱的放映员额头上直冒汗。自知理亏的他俩，要么羞愧得默不作声，不敢还嘴；要么满脸堆笑，忙不迭地应着"快了快了"。

许是百姓长期对他俩不满的表现被上级知晓，抑或其他原因，在我读初中之后，"阿兴"和"阿旺"这两个放映员就不见了，取而代之的是我的邻居方明哥。方明哥一人做两人的工作，换片速度不但没有下降，反而更加高效快速，与之前的人相比，简直是天壤之别。方明哥的技艺大获乡亲赞誉，从此片场再无骂声。

那时农村电影片子不多，有时会重复着放，夜生活单调乏味的人们也是重复着看，百看不厌。

闲暇之余，大家还会对看过的电影津津乐道，对其中的人物与情节品评得头头是道，俨然个个都是见多识广、出口成章的影评大家。

那些公社尚未放映，据说内容又特别引人入胜、扣人心弦的新片，一些乡亲为了先睹为快，甚至会三五相约，翻山越岭，不辞辛苦地赶去相邻的公社去观看。

印象最深的一次，父亲用他那辆红旗二八自行车载着年幼的我骑骑走走，翻过九曲十八弯的崇山峻岭——箬步岭，到棠溪乡去看《宝莲灯》，看完散场，夜黑得已是伸手不见五指。

胆大的父亲让我坐在车前的横档上，一只手打着手电筒，一只手紧握车把，从高耸的箬步岭头顺着陡降盘旋的山势一路飞驰而下，风声从耳边呼啸而过，蜿蜒崎岖的十里山路，转瞬之间已到家门口。

那次看电影的经历，至今想来，我还是后怕不已，也许只有胆量过人又对地形无比熟悉的父亲才敢如此这般，我是万万不敢那样造次的。

七十年代的影片不多，印象中看过的影片有《奇袭白虎团》《平原游击队》《地雷战》《红珊瑚》《红星闪闪》等，其中有些影片中的歌曲至今还能哼唱，如"红星闪闪放光彩，红星灿灿暖胸怀……""一树红花照碧海，一团火焰出水来……"

时光荏苒，岁月的光影在黑瓦青砖上留下了斑驳印记，电光石火间，那些温暖而又美好的记忆开启了奇妙的旅程。

烟雨清明念故人

"清明时节雨纷纷，路上行人欲断魂。"又到一年清明时，心香一炷寄哀思。

在这特别的日子里，让我格外怀念的是一位既为永康的解放事业做出贡献的革命者，又是生我养我还当过我老师的施恩者，这就是我的父亲。

我的父亲叫黄福根，1929年8月21日（农历七月十七）出生于永康县寨口村。

祖上清贫的父亲，在家排行老大，下面还有三个妹妹。因为家庭窘困，父亲从十五岁开始就外出当学徒，在兰溪、诸暨一带打铁以养家糊口。

在颠沛流离以打铁为生的五年时间里，父亲不仅目睹了国民党反动派和地痞流氓的腐败堕落、倒行逆施与无恶不作，也饱受他们的欺凌。

其间，父亲受到革命思想的熏陶，在他二十岁那年，他说服父母，放弃了打铁，于1948年7月参加了由应飞同志领导的浙东人民解放军第六支队，在第六支队的八大队和七大队先后任战士、侦察员、侦察班长。

参加革命后的父亲，在应飞、卜明、李秀芝、李文华等同志的领导下，进行了艰苦卓绝的剿匪反霸斗争。

1949年3月，受中共永康东北工委书记、第六支队七大队教导员李秀芝委派，父亲与蒋文秀同志一起联手组建了四路口区区政府和区中队，上级任命蒋文秀为区长、父亲黄福根为区中队中队长。

其间，父亲英勇善战，常常不顾个人安危，只身深入匪区工作战斗，匪徒们只要听到有着"出手快"绰号的黄福根来了，就心惊胆战。

在蒋文秀同志和我父亲的共同努力下，短短几个月时间，四路口区中队就发展到了四个班，共四十多人，是一个拥有短枪组和两挺机枪的初具规模的武工队。

后来，父亲与蒋文秀同志又一起调任龙山区中队，蒋文秀任中队长，父亲任副中队长。在蒋文秀同志的领导下，武工队以缙云黄弄坑为革命根据地，领导了缙云黄弄坑、棠溪、柏岩、西溪、四路口、芝英、方岩一带许许多多大大小小的剿匪战斗。

其间，父亲还参加过由路南地区特派员卜明同志创建、方高同志任指导员的东磐武工组，经过武工组五人艰苦卓绝的斗争，打通了路南地区六支队与四明山浙东工委金肖支队之间的通道。

与此同时，我们家庭也因父亲参加革命工作而受到了国民党反动势力的迫害，他们逼迫祖父祖母交出我父亲黄福根，一家老小因此经常东躲西藏，土匪甚至上门威胁要点火烧毁祖父的房子，在邻居们的苦苦哀求下，房子才免于被焚。

1949 年 10 月，在龙山区中队，因作战勇敢、剿匪战绩显著，父亲曾受金华军分区司令部通令嘉奖。1950 年 11 月，在军分区教导大队学习期间，父亲荣获三等功。

因长年在艰苦的山区野外工作战斗，1950 年 1 月至 12 月在金华教导大队培训学习的父亲因胃病异常严重，只得回老家养病。当时永康已解放，考虑到要长期在家养病及其他一些因素，父亲于 1951 年 5 月主动向部队领导申请复员回家。

到了 1952 年 9 月，经一年多的休养康复，已结婚成家的父亲抱着对文化知识的渴求，在二十四岁时考上了古山中学的前身——日新中学。因曾有过部队文化教育的积淀，父亲一入学便就读二年级秋二甲班，虽未读过一年级，但他勤学好问，在学习期间受到王达英等老师的关心，并经常受到老师们的表扬。

1954 年 7 月，父亲从日新中学毕业后，同年 9 月份以优异的成绩考入金华师范学校。后来听担任过龙山区教办主任的卢龙德伯伯跟我说，当年龙山大公社只有父亲和他两人考中。因为经济困难，三年的寒暑假回家及返校，父亲和龙德伯伯都是徒步经白窖岭日夜兼程。

1957 年 7 月，从金华师范毕业后，父亲在永康任小学、初中教师，并先后在柏岩小学、棠溪小学、胡圳小学、寨口小学、下赵小学、西溪农中、溪岸农中、柏岩初中任教，为人师表，任劳任怨。

1977 年，父亲被任命为柏岩初中教导主任；1983 年，又担任柏岩初中副校长，主持全校工作。当上校领导的父亲，工作更加兢兢业业，夜以继日，不辞劳苦。

1979 年和 1980 年，父亲连续荣获永康县先进教师、先进工作者的光荣称号。父亲培养出了许多有知识、有道德、有担当的优秀学生，为家乡人民的教育事业倾尽所能。

1984 年 1 月，父亲从教育岗位上退休，退休后的父亲老骥伏枥，继续为村里发挥余热。

父亲还曾花了大量精力参与了中华人民共和国成立后永康《黄氏宗谱》的首次重修工作。他和村里的其他几位老同志一起创办了寨口村老年协会，并是老年协会的主要负责人之一。父亲还担任过村里的治保主任，晚上常常在村里义务巡逻，调解村民之间的纠纷，解决了很多群众矛盾，受到了村民们的一致好评和尊敬。

父亲的一生，是革命的一生，是勤勉奉献的一生。

年轻当兵时，为革命不怕牺牲，孤胆深入虎穴奋勇剿匪，他是一名好军人。

当学生时，勤学苦读，他是一个成绩优异的好学生。

当老师时，教书育人，积极负责，答疑解惑，孜孜不倦，他是一位好老师。

当上干部后，两袖清风，公正无私，工作出色，受到县区两级领导的表彰，他是一位好校长。

退休在村时，老有所为，处事公正，为人正派，化解邻里矛盾，他是一个好村民、好长辈。

在家里，父亲省吃俭用，精心培养、严格管教四个子女。

他面对一家六口，其中两个病号，一个是一直生病在家不能外出干活的母亲，一个是从十一岁开始就患腿疾、严重之时甚至危及生命的我，父亲靠一点微薄的工资养活全家，还要给我和母亲四处寻医问药，但他却毫无怨言，还鼓励我要乐观地去战胜疾病。

在我患病严重、卧床不能下地期间，父亲从学校借来一块小黑板，挂在床前的橱柜上，每天下班回家后给我上课。

过年时，外面小伙伴欢天喜地放鞭炮，我的父亲想方设法找来一根粗铁丝，在末端箍了一个圈，然后一端让我握着，另一端伸到床边的窗户外，在圈上绑上一长串小鞭炮或把"二踢脚"的大鞭炮放置在铁圈内，他在窗外点燃鞭炮，用噼里啪啦的爆炸声与传到手上的震感，让我感受过年的快乐。

元宵节晚上，村里迎龙灯，他事先跟村里迎龙头的乡亲打好招呼，让龙头在我家窗前多停留一会儿。他还找来一面镜子对着窗外，让我在镜中观赏龙灯，感受元宵节的热闹。

一情一景，清晰如昨。平日里，父亲还教育我们四个姐弟，做人要正直勤奋，要干一行、爱一行、像一行，而他自己就是这样一位躬身力行的好榜样。

时光荏苒，逝者如斯，亲爱的父亲已离开我们多年，我十分怀念他，我想用我的笔为父亲的一生留下一点记录，以期我的子女后辈们能够传承他正直坚韧、乐观豁达的良好品行，让他们记住，他们曾有过这样一位平凡而又不平凡的祖辈。

寒冬·妈妈·棉鞋

一

庚子年的冬月实在寒冷，地处北纬30度附近的南方小城，竟连续几天出现零下五摄氏度、零下七摄氏度的低温天气，这种状况在近几年是罕见的。

天空飘起鹅毛大雪，荷池结起厚厚冰层，水表被冻裂漫水成冰，花草茎叶速冻成琼枝玉叶，高耸的瀑布悬停前川，晶莹冰凌凝挂百丈……而温润南国，甩掉温婉秀气的形象，换装后山舞银蛇、原驰蜡象，欲与千里冰峰为剑、凛冽寒风为号的北国一决高寒。

天寒地冻的冷，未能冻僵我的思绪，反而刺激着我的脑神经，让我想起2018年来自北京的那场寒，那是一场不愿遭遇却又突如其来、不愿想起却又压抑不住、令我哀伤不已且痛彻心扉的寒。

二

2018年1月24日，于我而言是极不寻常的一天。

这一天不仅仅是腊八节，早上出门在小区的路口，有义工递上一碗温热香甜的腊八粥，让你感受到社会的温情。这一天也给了我寒冬腊月的真实体验，让坐在办公室内的我感到来自地下的一股寒意，它穿过鞋底，透过脚趾脚心，直达我的任督二脉，使我时不时地跺几下冻僵的脚掌或站起来走动活络一下身子。足底的寒冷不由地让我想起小时候寒冬里妈妈给我做的那一双双暖和的棉鞋。妈妈被在北京工作的姐姐接去过年有一段时间了，北方更为寒冷的天气不知她能否适应。但转念一想，北京室内都供有暖气，自己显然是多虑了。

中午时分，人体能感知到气温又有明显下降，寒风萧萧，冬雨淅沥，湿冷的空气中弥散着透骨的寒。

天气的寒冷倒不至于寒到让人刻骨铭心，一个噩耗的传来却着实让人感到雪上加霜、悲痛欲绝。下午四点半光景，行车下班途中，突然接到来自北京姐姐的电话，只听得电话中传来哽咽声："小弟，妈……妈快不行了。""什么不行了？"我有点懵。"妈正在医院抢救，抢救已十来分钟，你们赶紧过来！赶紧过来！"姐姐寥寥数语后便挂断电话。我的脑袋瞬间一片空白，嘴里喃喃自语："怎么会这样，怎么会这样，妈会没事的，会平安的！"脚下不由自主地猛踩油门。

在高速出口处，接到姐姐的第二个电话说妈妈已抢救无效去世了。

噩耗，让人如坠冰窟、悲不自禁。

三

医生诊断妈妈是因心包积液病去世的。妈妈的突然离世对我们全家来说是那个寒冬里最冷酷的寒、最致命的伤，更令我这个长期陪伴她的儿子，沉浸在无尽的悲伤之中，在很长很长一段时间内，都无法摆脱阴郁的情绪。

悲伤之情可以随时间慢慢淡去，然而有些情景却犹如镌刻在心头的铜版画，终生铭记。

忘不了她最疼爱的孙女，匆匆从学校赶来参加告别仪式，把一封自己手写的信让我当作祭文读给奶奶听，读完之后又把信纸放进奶奶的内衣兜。祖孙之切切情深，让人泪如雨下、肝肠欲断。

忘不了女儿不得不返校临别上车时，朝着医院的方向跪在北京街头，边哭边重重地磕了三个响头。

忘不了凌晨五点多的天空下，北京八宝山殡仪馆的门口，我抱着空骨灰盒伫立在零下十几摄氏度的刺骨寒风中，瑟瑟发抖地等候妈妈骨灰的到来——这让一个南方人感受到什么叫寒风凛冽、透骨奇寒，让一个儿子感受到什么是风树之悲、丧亲之痛。

最难忘的还是妈妈那满头的银发、清秀的身姿、温婉的音容，还有她知书明理、与邻和睦的品行，以及谆谆教诲子女与人为善。

四

寒冬的日子里想起妈妈，心情犹如被阴冷的雾霾包裹，让人阴郁、伤感，但想起小时候她为我们姐弟做的一双双棉鞋，又让我胸涌热流，倍感温暖。

妈妈生于上海，长大被外公许配给爸爸后，曾当过幼儿园的老师和农村扫盲夜校的老师。如果当时没有日本侵略者的侵略与时代的悲剧，她应是一个大家闺秀。然而个人的命运在家国悲情面前，除了卑微地苟活也没有更多的选择。

嫁到山里的妈妈，身体一直羸弱多病，她不能像其他农村妇女那样上山砍柴、下地锄禾。在农事劳作方面，她不能算是一个真正的农妇，但在操持家务方面，她绝对算是村里的巧手。

每到秋后农闲的晴日，妈妈就取面粉熬糨糊，熬好糨糊后，找一块宽大木板架在板凳上，把取自旧衣破裤上的布料裁剪成一块块大小相似的长方形，再一层布料一层糨糊地用刮板刮贴上去，把贴好的布料拿到太阳底下晾晒，完成制鞋的先期备料工作。

手工做鞋，工序繁杂，工艺讲究，耗时长久，每双鞋的制作都要经过剪裁底样、填制千层底、纳底切底边、剪裁鞋帮、填充棉花、绱鞋、冲带眼、楦鞋、修边等十几道工序，一双鞋制作完成往往要花上十来天。

印象中最费妈妈体力和时间的要数纳鞋底了，顶针、锥子、镊子、石蜡是纳鞋底必备的工具。环形顶针套在右手中指上，它和镊子在大头针穿过鞋底时一个顶一个拔。而石蜡在麻线上划拉几下后，麻线变得光滑，减少穿过鞋底时的阻力。一双麻线密布、层布紧致的鞋底至少要纳两千多针，厚度达一厘米左右，这就是所谓的千层底。可想而知，如果不借助这些工具，要纳成一双鞋底，该是如何费劲耗时。

我们家做鞋子的工具很齐全，底板、楦头的样式又多，妈妈做的鞋子款式好看，穿着合脚又舒适，老爸与我们姐弟四个穿着妈妈做的布单鞋或布棉鞋走出去，常受邻里夸赞，所以周围邻居闲暇时都喜欢聚在我妈身边做鞋子，以方便请教和借用工具。

春秋轮回，寒来暑往，大杂院的走廊上、木板房的油灯下，妈妈与邻居们手中纳鞋的针线越拉越短，孩子们脚下的路却越走越长、越来越远。

如今无论天有多寒，脚有多僵，再也无法穿上妈妈亲手做的棉鞋了，再也无法听到妈妈"多穿点"的嘘寒问暖，唯心中留存的那份念想，让我倍感温暖！

（本文写于母亲去世三周年之际）

流年飞萤

"远看是粒星,近看像灯笼。到底是什么,原来是只虫。"这是小时候大人给我们猜萤火虫的谜语。

盛夏酷暑夜,想起童年时光里故乡的萤火虫。

我生长在一个叫寨口的村子,顾名思义,这就是一个山高皇帝远的负嵎依险之地。

二十世纪七十年代,山村尚未通电,每户农家的陈设也几无二致,木板床、木橱柜、木长桌、木板凳,方寸陋室之内,要说还有的就是些锄、犁、耙、箩等农具而已,点的灯也是煤油灯,不像如今灯具、风扇、空调、冰箱等已稀松平常,对一直囿于山旮旯里的我们来说,此类带电物件从未闻、更未见。

炎炎夏季,乡村里的"山里侬"自有他们的消暑方式。

抢早或傍晚出工,或者烈日当空的中午,在家里地上洒水降温、铺席午休。

夜幕降临、炊烟袅袅,山村最热闹的时刻开始了,大人与小孩纷纷走出屋舍,邻里家人,三五成群,或坐或立,或端碗吃饭,或摇把蒲扇,或凉席铺地,大家乘着山间晚风,家长里短、海阔天空地各般闲谈。

孩子们有的围坐于大人跟前侧耳倾听,有的则在附近追逐戏闹。

这种境况，犹如乡村纳凉晚会，天不下雨，决不歇场。

当天光渐渐隐退，蝉鸣与蛙声此起彼伏之时，溪沿的丝瓜藤叶和房前屋后的蔓草丛中就会亮起黄中泛绿的光，一闪一闪，那是萤火虫发出的亮光。

萤火虫在农村很常见，喜栖于温暖湿润、草木繁盛的地方，潮湿的树丛、草丛都是它们主要的栖息地。

农村里池塘、沟溪、水田遍布，空气清新，水草丰茂，所以从入夏到初秋时节的夜晚，到处可见它们闪亮的身影。

生活物资匮乏、娱乐方式单调的年代，萤火虫也自然成为孩子们玩乐的对象。

萤火虫的闪烁激发了孩子们心底的躁动，有的回家拿来小玻璃瓶，蹑手蹑脚地来到草丛边，用两指轻轻拈住，把它装进瓶去，一只两只，瓶子里的亮光随着萤火虫的增多而渐渐变亮。

家有玻璃瓶的小伙伴是受人羡慕的，他们可以提着用绳子和柴棒绑着的萤火灯，在你面前晃荡炫耀。

值得庆幸的是，家住四合大院的我们，人人都有玻璃瓶子，因为我们倚仗两个"得天独厚"的条件。

一是我家大姐是村子里的赤脚医生，一些废弃的装药水的小瓶会被我从医疗站拿回送人。

二是我们大院有一位地质勘探大队的阿姨，这位眉清目秀的漂亮阿姨应该是负责土壤检测工作的，她经常会拿些小瓶小罐到溪边洗刷。每逢见她蹲在溪埠头上清洗瓶子，我们院里的几个小伙伴就会围拢过去观看，这些形状大小不一、厚薄各异的玻璃瓶子着实令我们感到十分新奇，懵懂的我们根本想象不出它们是怎么制造出来、做什么用的。

对这帮眼里尽是无知与好奇的孩子，阿姨有时会允许我们拿起几个她指定的瓶子摸摸和看看。瞧我们爱不释手的，她偶尔也会送几个小瓶子给我们。看我们欢天喜地的模样，阿姨白皙的脸庞也会笑靥如花。

我们手里的这些玻璃小瓶子基本上都是拿来装萤火虫用的。

晚上在瓶子里装满捉来的萤火虫，瓶口再用碎布和橡皮筋扎上，一盏盏亮闪闪的小虫灯就做好了。

几盏小虫灯聚拢在一起，居然可以看清瓶子近旁的东西。也正因有了这种亲身的体验，我才对父亲讲的故事深信不疑，"古代有一家贫困学子为省下点灯的油钱，捕捉许许多多的萤火虫装进白布袋里，用萤火虫发出的亮光来看书，后来考试中举做了大官"。

许多年之后自己才从书中得知，父亲说的其实是一个叫"囊萤夜读"的典故，说的是晋朝车胤借光苦读的故事。

那些没瓶子的小伙伴，除了羡慕我们能做小虫灯外，也自有他们的玩法——把捉来的萤火虫罩拢在掌心，拨弄它弱小的躯体和发光的尾部，或者干脆几人站成一排，同时发力摇动路边的草木，躲藏其中的萤火虫被惊扰，霎时四下飞起，犹如移动的繁星在幽暗的天幕下点点闪烁。

上下飞舞的流萤就如一只只调皮可爱的精灵，挥动着隐形的翅膀，离你忽远忽近。

在老家，我们把萤火虫叫"火英虫"。

在我的人生记忆里，虽已过四十余年，但那一幅画面始终不曾淡忘。在月朗星稀或一团漆黑的夏夜，劳作一天的人们坐在室外摇扇纳凉，大人们谈天说地，小孩们或与火英虫闹腾，或嘴里唱着歌谣："火英虫，夜夜红，半夜爬起点灯笼。灯笼低，杀只鸡；鸡肚长，杀只羊；羊角弯，弯上天；天上星星密胧胧，好像满天红灯笼。"

一盏萤火灯，一首油口歌，一个乘凉夜，一把竹篾扇……至今想起，心里仍充满温情。这种与时光共峥嵘、与岁月共清欢的童年味道，就是所谓的乡愁吧。如此深入骨髓、融入血液的别样乡愁，时下还有多少人能够理解呢？

光阴似水，离开老家已有数十载。"流萤明灭夜悠悠，素女婵娟不耐秋。"流萤如我，在故乡销声匿迹许久。流萤的消失，我觉得是一个不小的遗憾，但它如天空的星星，一直在我心中闪耀。

可喜的是听闻近年，萤火虫的身影在老家乡野又有出现，我想这应得益于老家生态环境的改善吧。

"小姑娘，夜乘凉；带灯笼，闪闪亮。"我期待流萤漫天的盛景重现。

最是江南那道鲜

在我们江浙一带，常可从人们的交往中听到一句俗语——"螺蛳壳里做道场"，意思是在狭小的空间里做场面大的事。

我们江浙人的临机应变和精明强干，由此可见一斑。把狭小的空间比作螺蛳壳，这个比喻也实在是生动而贴切。

对于生长在江南的百姓来说，感兴趣的可不是这些黛青色宝塔般的螺蛳壳，他们惦记的可是这坚硬青壳里的美味河鲜。江南水乡，湖泊河塘星罗棋布，螺蛳就生长在这些水域的底部。

一

江南多产螺，烧螺高手亦数不胜数。

善于就地取材的江南人，把一颗颗状如玲珑宝塔的小生物去尾清理后，倒入烧热的铁锅，加入葱、姜、蒜、紫苏、辣椒、食盐、料酒等佐料，烹制成各式各样口味独特的美味佳肴——爆炒螺蛳、小炒螺蛳肉、清水螺蛳、汤螺蛳、螺蛳粉等，味道或是鲜香清淡，或是酸辣重口。一盘香气氤氲、刺激味蕾的美馔，吃得人们是欲罢不能、回味无穷。

江南长期的吃螺习俗培养出了众多的吃螺高手。

两根筷子一夹，放进嘴里，唇齿之间，只听嘶的一声，螺肉瞬间被吸入嘴中，螺壳噗地从嘴巴吐出，应声落入桌沿，顷刻间面前的螺壳已如小山。整个吃螺过程动作流畅、节奏明快、一气呵成。

聚餐的一桌人若是都吃起螺来，那场面可是诙谐有趣、有声有色，嘶嘶声此起彼伏，似雀群喧闹，似鸡雏争食。

在盘中美味面前，落座者无论是平头百姓还是达官显贵，早已把《礼记》中的"毋咤食"、《论语》中的"食不语"等华夏文明礼法抛到了九霄云外，个个是饕口馋舌、满嘴油光。

众吃者中也不全是一吸一个准的吃螺高手，也有很多吃得手忙脚乱、额头冒汗还嗍不出螺肉的菜鸟。

我曾数次宴请关系较好的外国友人就餐，餐中也有螺蛳招待，他们盯着眼前满盘的螺蛳，不知如何下手。教他们从夹取到嗍食的方法，结果是筷头夹不住掉地上不说，就算把螺蛳夹上嘴，费了九牛二虎之力也是久嗍不出，嗍得是满脸涨红、青筋直冒。看着老外那一副不得要领的滑稽样子，我们只好放弃教学，让"孺子不可教也"的老外干脆一手抓着螺蛳，一手拿着牙签来挑食螺肉。

当然，螺肉的难嗍也不一定是吃者的问题，这跟螺蛳的新鲜度和加工烹饪者也有很大的关系。螺蛳不新鲜、螺蛳尾部剪掉过少、烹饪时烧得过生或者过熟都会难嗍，只有火候等因素控制得恰到好处，才能让吃者得心应手、畅快淋漓。

螺肉丰腴细腻、味道鲜美，有着盘中明珠的美誉。它富含蛋白质、维生素，以及人体必需的氨基酸和微量元素。明代倪朱谟的《本草汇言》里称："螺蛳，解酒热，消黄疸，清火眼，利大小肠之药也。"中医认为：螺蛳肉味甘、性寒，可以清热、利水、明目，能治黄疸、水肿、淋浊、消渴、痢疾、痔疮、肿毒等症，对人体健康有着不可低估的药用价值。

二

在江南众多的螺蛳美食中，浙江衢州的开化青蛳与广西柳州的螺蛳粉盛名远播。

开化青蛳又称为清水螺蛳，是浙江省衢州市开化县的传统名吃。

它和一般的螺蛳不同，黑色细长的外壳里面是灰绿色的鲜肉。因其生长在清澈的钱江源头区域的溪流中，而被当地人称为清水螺蛳。

开化清水螺蛳，因其鲜嫩可口的肉质、烹制后的独特风味、丰富的营养价值，引起中央电视台《舌尖上的中国》剧组的关注，并进行了专门拍摄。一经央视宣传，去开化品尝螺蛳的人是趋之若鹜。

2020年夏天，我去开化开会期间，终于有机会品尝了清水螺蛳。

据当地朋友介绍，味道最鲜美的开化清蛳当数产自钱江源头齐溪镇里乡间小溪的青蛳了，其生长水域的水质是最好的。朋友还说，生长环境的水质越好，青蛳个头越大，颜色越黑，肠子越绿，吃起来才更有味道。我们当天吃的就是来自齐溪的清蛳，看着清香诱人，吃着鲜嫩可口，果然名不虚传。

另一种起源于广西柳州的特色小吃螺蛳粉，现在也大有席卷全国之势，大街小巷的小吃店内常可见到食客有滋有味地吃着这种美食。

初尝这种小吃，是在假期里儿子带着我去吃的。在我居所附近的小吃店，儿子给我点了这种螺蛳粉，说是很好吃的。

端上来一看，感觉就是挺普通的一碗汤粉。动手开吃，一股腥、辣、酸交融之味迅即钻入口鼻。搅动筷子，寻找螺蛳肉，可翻遍碗中圆粉也不见一丝螺肉踪影。问身旁儿子，粉里怎么没螺蛳肉？是店家偷工减料？儿子笑着打趣道："老爸你这就不懂了，螺蛳粉里本就没有螺蛳肉，但汤是用螺蛳肉熬煮调配而成的。"

儿子的话说得我有些汗颜，也不知十几岁的孩子是从哪里懂得这些美食知识的。

初尝螺蛳粉，可能是汤粉中的那点酸臭味让我对它没有产生"一见钟情"的感觉。俗话说，"萝卜青菜各有所爱"，和臭豆腐一样，也许就是螺蛳粉的这种酸臭味，才是其最独特、最吸引人之处吧。

三

出生在山沟农村的我们，一日三餐，粗茶淡饭，勉强能吃饱肚子，一年到头很少能吃上猪肉等荤菜。

好在农村众多的山塘溪渠里多有螺蛳，乡亲们若想改善一下伙食，家中的父亲或儿子就会拿着脸盆，下到水里，摸一盆螺蛳回来，打打牙祭。

我家虽有父亲和我两个男人，但父亲终日在外忙于教书，无暇抑或放不下老师的斯文下到水里，去摸这些长在水底淤泥上的苟且之物。

作为儿子的我，其时正处少年，父母为了安全，不准我擅自下水。所以在我家，能吃上一盘螺蛳的机会其实也不多。

印象中，我仅有两次去山塘里摸过螺蛳。一次是已订了婚在部队当兵的大姐夫回家探亲，许是家里实在拿不出一盘像样的好菜来招待他，母亲法外开恩，让姐夫陪着我去塘里摸螺蛳。

我兴冲冲地头顶着一个脸盆，穿过村庄，沿着田间小路，来到一个叫五十塘的塘边。姐夫在岸上观望，我则脱衣跃入水中，塘水较深，没过我的脖子，我只能不时地憋气入水，用手一下一下地在水底的淤泥里摸索。

这塘应是刚被人"扫荡"过，我花了大半个上午时间才摸到一小盆螺蛳。

回家路上，发现路旁浅潭游动着一条半大的鱼，曾在部队当炮兵的姐夫捡起一颗小石子砸过去，真是炮兵没白当，竟然把鱼砸得翻起白肚浮出水面。我激动得差点当场拜姐夫为师。

傍晚，母亲把滴了菜油、吐净泥巴的螺蛳剪了尾，炒了一盘香喷喷的螺蛳和几个蔬菜，当然把我们意外收获的那条鱼也做成了一盆红烧鱼来吃。

姐夫这次回来还送了一瓶洋河大曲酒给父亲。饭桌上，翁婿俩嘬着螺蛳，你一口我一口地喝着杯中酒。

这顿饭，鲜鱼、香螺与美酒，一家人其乐融融地围坐一起，仿佛过年一般，那种亲人欢聚、大快朵颐的温馨场景，至今让我记忆犹新、感念不已。

另一次摸螺蛳的结果带来的可不是欢愉和美味，而是一顿责骂与挨打。

暑假，小姐姐回家趁母亲不在，就让我和她一起去摸螺蛳。经不住姐姐的怂恿和鲜香螺肉的诱惑，我就跟着她顶着酷暑烈日去前山垭的塘里摸了一盘螺蛳回来。

原以为母亲看到姐弟俩拿回的螺蛳会很开心，孰料母亲一看到浑身上下湿漉漉的我俩，一下火冒三丈，开口就骂，说什么大热天不该下到塘里，不怕中暑抽筋淹死啊，你俩要是出点事，让我怎么办啊。

平时温文尔雅、知书达理的母亲，痛骂一顿不解气，竟然还动手打了鼓动我去摸螺蛳的姐姐几下。如此惨痛的教训，害得我俩从此再不敢下塘摸螺。

长大成家，父母不在后，姐弟俩每每聊起此事，则是别有一番趣味，也更能深刻地领悟到母亲当时的一片良苦用心。

"香螺酌美酒，枯蚌藉兰殽"，从农耕社会到现代文明社会，这道自然馈赠的美食，江南百姓对它一直情有独钟，大小餐桌也从未缺少它。

我想，食螺消饥的年代已成陇上云烟，今后安居乐业小城故事里的人们，吃的是鲜螺，品的其实是清欢。

同桌的你

每每听到歌曲《同桌的你》，就会情不自禁地想起，从年少到青春，入我生命之轨迹、与我同桌寒窗苦读的她和你。

一些人和事经过岁月长河的大浪淘沙而模糊了痕迹，然而，你们几位在我的记忆中却依然清晰，点点滴滴，令人回味，让人感叹。

小学的你

与你同桌，应是小学四年级，我们不仅同桌，还住同一大院，那种充满江南风韵、青砖黛瓦马头墙的四合大院，当地叫明堂里。我居院之南——临街大门口的边上。你居院之北——我家边上弄堂直进到底，就是你家。

我和你同庚，我是家里四姐弟中最受宠的老幺。你是你家五姐弟中的老二，因经常还要照顾三个弟妹，故而你比我成熟稳重。

二十世纪七十年代初，牛衣岁月，缺衣少食，大人小孩竭尽所能地期望改善家庭生活。不论寒暑，大人忙农耕，集体出工，挣工分养家；小孩则负起养猪养兔之责，待猪肥兔长，或卖出栏猪、或卖白兔毛给公社收购站，以贴补家用。

我们两家皆养一只猪、十几只兔，故猪兔每日果腹之粮就是垂髫之年的我们每日所要操心之事。

　　平时，我俩背着旧书包，一起上下学，一同在晒谷场跟其他小伙伴玩跳田、老鹰抓小鸡等游戏。

　　然每日必做之事，则是学校放学后，急匆匆挎只大竹篮，或约上其他小伙伴，一起去野外，漫山遍野地寻草拔草。等青草满篮，时间尚早，夕阳犹在，我们会在云淡风轻的旷野、在高低错落的地头田间，上蹿下跳、追逐打闹；或分两派，人人头上戴着用狗尾草和树枝编成的帽子，折根粗树枝或用玉米秆插上几根小树枝做成机关枪模样，或就地抓取泥团子当手雷，"战斗"总是打得异常激烈。

　　现在山间、田野到处都是郁郁葱葱的草，但那时身处山区的我们，却常常要发愁去何处拔草。在那个特殊年代，几无撂荒之地，一年四季，农民除了耕种和收割农作物，锄地除草是平时主要的农活。加之拔草饲养家禽的人众多，山野几乎无草可拔。有几次篮子里的草实在是寥寥无几，想着家里那些嗷嗷待哺的猪和兔，我俩几经思想斗争，硬着头皮壮着胆子来到路边田里，把篮里少得可怜的青草倒在田埂上，然后蹲在散发着清浅幽香、绽满紫红色小花的花草（紫云英）田里，边东张西望，边快速地拽起花草装进篮里，待差不多有半篮时，再小心翼翼地把原有的青草铺在上面，以防被村里负责看护山林的阿水公与阿汉公发现。像我等好少年竟做此不良之举，实属万般无奈。除了冰天雪地的日子，我俩外出拔草几乎风雨无阻。看似赢弱的你，挎起篮、爬起山、拔起草来一点也不逊于我。

我们就读的小学位于村口，虽是座老旧祠堂，然四周被许多高大粗壮、枝繁叶茂的古樟环绕，环境也算雅静优美。

小学前两年，我们是不同桌的，因为老师按身高来排座，而我的身高在当时班里算是前三名，而你许是营养不良，约矮我一头，故我一直如长竹竿般"矗立"在最后排靠墙的座位上，而你一般居中而坐。在班里，我活泼顽皮但学习优秀，你文文静静成绩尚可。

在三年级下学期，一向健康顽皮的我突患重疾，大腿肿痛，高烧不止，不得不中断学业。

当教师的父亲心急如焚，带我四处寻医问诊。奈何当时医疗水平有限，病痛久久不能消除，严重之时，医生甚至建议截肢保命。

与你同桌，已到四年级下半学期。那时，我的病稍有好转，但还需如婴儿般重学走路。我求学心切，告诉父亲我要上学。

得知我要重返学校，你非常高兴，说可以帮我背书包。我清晰地记得，重新上学的那天清早，我手拿两根拐杖，趴在父亲结实宽厚的背上，你则一路跟随身后，帮我拎着书包。我们一踏进教室，老师和同学纷纷鼓掌欢迎。后来在你的请求下，老师把我安排成了你的同桌。此后，每天清晨，无论是父亲背我，还是我自己拄着拐杖上学，风雨无阻，我那一只沉重的黄布书包都是你从家里帮我背到学校。

在学校，你帮我放拐杖，帮我捡拾掉落的文具，帮我去伙房边上的大茶缸里舀水喝……在与我同桌的半学期里，你处处关照我、帮助我，直到我扔掉拐杖，直到我基本可以生活自理的五年级，我们才不再同桌。

遥想当年，你为我所做的虽是点滴小事，却足以让我铭记终生。

如今，时光已过四十个春秋，我已霜染鬓发，而多愁善感的你却在豆蔻年华不幸离世，令人扼腕痛惜。

多么希望同院、同学、同桌的你，出走半生，归来仍是英俊少年！

初中的你

与你同桌，实乃你我父亲同为教师的"以权谋私"，出于"强强联合、取长补短"的选择。

那时，我父亲是我们就读的山区初中的校长，教的是历史和政治；你父亲是我们的班主任，教的是数学。

你性格开朗、小巧玲珑，各科成绩都很优秀，仅语文或英语成绩有时会落后于我，而我的数学和化学成绩一直不如你好。

我俩都当过班长，在我看来，你已是一个成绩优异、令人称赞的好学生了，但你的父亲却时常苛责于你，有时甚至还要在宿舍打骂你。我觉得你父亲的做法不可理喻，在替你感伤之余也暗自庆幸自己有一个不会动我一根手指头的好父亲。

你父亲对你异常严厉，对我却很和善，记得他常常把我俩或班里其他几个学生叫在一起，晚饭后在他宿舍里给我们辅导数学。宿舍里常常弥漫着浓浓的草药味，你父亲有时给我们说着说着，就用拳头抵住腹部，颗颗汗珠从一直灰暗无光的脸上渗出来。我们知道他腹部的病痛又发作了，在我们一再要求下，你父亲才终止辅导，让我们离开，懂事的你则急急忙忙去给父亲倒汤倒药。后来我们才知道，你父亲那时已是肝硬化晚期，他对你的严厉，其实是他知道自己已时日不多，希望你早日成才。我总算明白你父亲的良苦用心了，那是他对你最真挚、最深切的父爱啊！

同桌的我们，相互学习、相互竞争，都一心想要拿班上第一，我们的成绩也一直名列前茅。

我们几个人曾一起代表学校参加区里的英语竞赛。

我还清晰地记得，有一次与另一位同学一起，我们仨在你父亲的带领下去县城参加全县的数学竞赛。那时去县城的班车每天只有一趟，你父亲安排我们住在汽车站附近一家叫大众旅社的破旧木结构楼里。

那天傍晚，你在县城工作的舅舅在解放街武义巷口附近，请我们吃了一顿丰盛的晚餐。特别是饭前，你父亲还请我们仨每人喝了一碗在乡下喝不到的冰凉甘甜的西瓜汁。

现在想来，那碗西瓜汁是我此生喝到的最解渴、最甘甜、最好喝的饮品了。

印象深刻的还有一事——跟你同桌不久的一天午后，有同学不知从哪里弄来一只粉嫩无比、尚未睁眼的小老鼠，玩着玩着，我突发奇想，趁你不在，把这只小老鼠塞进你的文具盒里，想看看一直乐呵呵的你有啥反应。结果，当你伸手打开文具盒时，两根手指猝不及防捏出一只软乎乎的小老鼠，吓得你脸色大变，手抖脚跳地一阵尖叫，我们几个男生则在一旁幸灾乐祸地哄然大笑。

得知始作俑者是我，你当即要把这恶作剧报告给当校长的我父亲，吓得我连连向你求饶。心慈手软的你，最终还是放了我一马。

如今想来，不禁哑然失笑，没想到向来懂事的自己竟然也会这般恶作剧。

光阴若电，岁月不逮。转眼间，我们已三十多年未见，得知你已是省城疾病防控领域的领导和专家，真心为曾是同桌的你感到高兴和骄傲。

高中的你

在所有的同桌中，你跟我同桌的时间最短，却走得最近、交往时间最长。

我们是"臭味相投"的铁哥们儿，从高三开始到各自走上工作岗位，从成家立业到儿女皆已长成的今天，几十年如一日，我们成为彼此最信赖的好朋友。

与你成为同班同学是在高三开学的一个月后。

因偏科严重、不愿在理科班就读的我找老师再三恳求，终于如愿以偿，转到你所在的班，也是我们学校的特色班——"法律班"。而与你成为同桌，依稀记得是在第一学期即将结束之际，我们有幸成了短暂的一个月的同桌。

与你交往，我所珍视的并不是同桌关系，而是我们共同经历的那段难忘时光，以及从此与你结下的兄弟般的深厚情谊。

曾记否，我和你也曾算是班里的瞩目人物——我当过校晨笛文学社的社长，你当过团支部书记。

曾记否，晚自习结束后，饥肠辘辘的我们在宿舍里违反不准用电炉子的校规，关紧门窗，偷偷插上电炉子，烧清水面条加梅干菜吃。

曾记否，有多少个朝阳初升的清晨和日薄西山的黄昏，我们穿过校食堂边上的后门来到树木青葱、流水潺潺、雾霭氤氲的寺口溪滩，或大声朗读手中的课本，或指手画脚、高谈阔论、针砭时弊，或赤脚走进布满鹅卵石的溪流中扔石子打水漂。

曾记否，在头顶高考重压满负荷复习的一天夜自习后，从校园逛了一圈回宿舍路过教学楼的我们，看到教室里仍灯火通明，无聊的我们躲在楼下雷竹丛里，学着校长和班主任的口音，高声催促同学们休息，说要断电熄灯了，看到同学们哗啦啦快速下楼熄灯离开，恶搞得逞后的我们使劲捂嘴偷笑不止。

曾记否，在一个夏日黑夜，天空电闪雷鸣，我俩躺在穿过校园的那条清凉的水渠里，无畏无惧，静静地仰观天幕下雷电与暴风骤雨的疯狂……

十七岁那年的雨季，我们有共同的期许。斗转星移，那些年的期许，犹如酿酒的酵母，让友谊这坛甘醇的美酒经过岁月的沉淀与蕴藏，历久弥香。

感怀岁月不居、时节如流、同桌情深，特赋小诗一首：

稚子无猜共马竹，金石刻木楚河出。

寒窗烛影书生瘦，碧水青山情不疏。

愿同桌的你，时光不老，岁月静好！

我的"私塾"童年

人的一生，总有某个时光让你最刻骨铭心或魂牵梦绕，我也有这样一段日子，那就是我的"私塾"童年。

我的童年是在一个山村度过，这个山村跟邻近几个村庄相比算是一个大村，又是公社的驻地，乡里干部对驻地村的教育自是格外重视，所以在村里办有一所正规的一至六年级的完小，叫寨口小学。

其中小学一到五年级的教室就在村里一座百年宗祠里，祠堂虽老旧，但并不破败，而且还座落在枝繁叶茂、古木参天、环境清幽的樟树林里。环境好又重视教育的村校，自然备受大家青睐，许多外村的家长也想方设法把孩子送到这里来读书。

小学离我家很近，才一里的路。那时的学校提倡"抢早学"，同学们抢着早起看谁第一个进教室早读。我为了抢到第一名，有时连早饭都顾不上吃，妈妈把早饭送到学校来，我还嫌她多事。也有同学不喜欢上学，三天两头被家长一路打骂，像赶一头在外野惯了的牛犊一样，慑于家长手中那根赶牛用的枝条的威力，要等上课钟声敲过好一会儿了，才哭哭啼啼、心不甘情不愿地慢慢踱进教室。

如果没有意外，我的五年小学时光都应该在这里欢快地度过，但人生亦如六月天，前一刻还艳阳高照，下一秒就是狂风骤雨。突如其来的一场重病中断了我的小学生涯，也改变了我的人生轨迹。从小学三年级开始，由于突发严重的腿疾，父亲被迫给我办了休学手续，带着我四处求医问诊。但囿于当时极其有限的医疗水平与医疗条件，我的病在很长一段时间内甚至被误诊，病情严重之时发展到医生建议截肢。父亲没有盲目听从医生的草率建议，他凭着自己的阅历和判断，觉得还没到那一步，他发誓要不惜一切代价、想尽一切办法来医治我的病。万幸，在父亲竭尽所能、多方求医问药下，我的病情终于得以确诊并被医治。

治疗一段时间后，病症从急性转变到慢性，医院当时也没有什么特效药，医生建议还是回家，采取中西医结合的方式，在家慢慢治疗。

已在各地医院躺了大半年的我，听说可以出院回家，饱受病痛折磨、心情一直阴郁的我如一条死水中苟延残喘的鱼，突然被注入清澈的活水，顿时焕发了生机。

回家后，人还是和在医院时一样，依旧不能翻身、下地，右腿从膝关节下端到髋关节上端半包围地固定着又厚又硬又长的石膏板。吃喝拉撒睡全在一张床上，每天重复着打针、吃药、换药的流程，针打得屁股上的肌肉僵硬，要用热水毛巾来敷。每天早晚，母亲端上一大碗棕褐色的汤药，在她眼里，仿佛喝得越多病就会好得越快。面对这么一大碗苦涩难闻、热气腾腾的药，我实在难以一下喝完，磨磨蹭蹭不想再喝。母亲让我像喝白开水一样一鼓作气喝下才好，我皱着眉头硬喝，怎奈"心口不一"，脾胃总是反抗，眼看碗中汤药即将见底，谁知哇的一声，腹中汤药自下而上，从嘴里喷涌而出，顿时药汁四溅，母亲心痛得一番责骂。好在后来父亲心疼我，改为由他煎药，秉持浓汤少量的原则，我才慢慢不再害怕喝药。

整天躺在病床上的我浑浑噩噩，好似一只被恶魔蹂躏与禁锢的井底之蛙，无力反抗，被幽暗的世界包围，不见生机。

那时的我，常常做着两个内容迥异的梦，一个是被困洞穴的自己竭力地向上攀爬，快到洞口却又手一滑坠向深处，人一下惊醒，浑身都是湿漉漉的冷汗。另一个则是梦见自己有着飞天的本领，可以像孙悟空一样在天上翻筋斗、腾云驾雾、自由飞翔。我厌恶第一个梦境，它让我惊恐无比，我宁愿沉浸在第二个梦中永远不要醒来。

看着自己长年累月地生病而连累家人，想着日复一日、无边无望的病痛，我憎恨我自己，感觉自己存在的多余。我曾从床边桌子的抽屉里拿到一把剪刀，把刀尖抵在脖子上，想一死了之，但想着家人，特别是父亲对我的百般疼爱，我止不住泪流满面，最终放弃。

在乡里初中教书的父亲体会到我的灰心绝望，尽可能多抽出时间来陪伴我。他安慰我，社会在发展、医学在进步，要相信总有一天医院能根治这种病。我知道父亲跟我说这些是为了让病床上的我消除悲观厌世的情绪，让我重振对生活的信心。

一天下午，正俯身给我换药的父亲说知识可以改变命运，他不希望我因为生病而荒废学业，所以要在家里给我当老师。

父亲给我制订了一组学习计划，上午自习，下午学语文和算术。

看我没反应，父亲又补充道："早上还要加上一节体育课。"

一听到"体育课"三字，差点让我惊掉下巴。我满脸狐疑地追问："体育？"

"是的，体育！"父亲点点头，肯定地答道。

换完药正要走出家门的父亲，转头又道："明天早上你就会知道了，我现在就去学校给你借书去。"

父亲故意卖着关子，留我一人在床上头发凌乱地躺着。

一个不能下地走路、连基本生活都不能自理的人要上体育课，这不是荒诞无稽、天方夜谭吗？

我打小崇拜我的父亲，他是村里为数不多的初中老师，上知天文下知地理，说起历史那更是头头是道、口若悬河。

父亲教书以前曾是军人，是我们老家一带山沟里鼎鼎有名的剿匪中队长。父亲非凡的经历，练就了他达观豪爽、爱憎分明、雷厉风行的为人处世风格。

我虽一直信任我的父亲，但对这一次体育课的安排，我真是无法认同。我百思不得其解，心里甚至还生出一种想看他出洋相、闹笑话的冲动，我对第二天的到来倒还真有点小期待了。

其实，因病休学许久的我也想早日回到学校，每当听见同学们从我家门前走过的声音，我就会十分羡慕他们，就会情不自禁地回想起在学校和樟树林里与同学们一起度过的欢乐时光。

学校与樟树林什么都好，书声琅琅，鸟鸣啾啾，学校大门外的操场是我们每天追逐、嬉闹的乐园，操场偶尔还会有猫头鹰或其他鸟儿的幼崽掉落地上。捡到鸟儿的同学像拾到宝贝一样高兴，因为可以把它当作宠物来饲养。

樟树林里的这所学校，如果硬要挑它的毛病也是有的，比如天气一热，樟树林的枝叶上就会出现许许多多体型肥硕的青色毛毛虫，我们叫它"青芘叽"，青芘叽多的时候会时不时地从树上掉落，万一掉到人身上，皮肤立马就会疼痛红肿。所以在青芘叽盛行的季节，我们出入这片樟树林，都有点提心吊胆，不由自主地一边加快脚步，一边抬头张望，生怕青芘叽冷不丁掉到头上。

想起学校里的种种往事，我有时会傻笑偷乐，有时又会暗自神伤，因为想到了在病床上不能动弹的自己。以前的自己可是一副小儿无赖的模样，如今却是鸟入樊笼、虎落平阳。落到这般田地，似乎只有用"别有一般滋味在心头"来描述此番心境了。

无论尘世的纷扰与静好、人生的快意与沮丧，时光总是不管不顾、任性地不请自来。我心有期盼的次日早晨，在大杂院各家柴门此起彼伏的嘎吱嘎吱声中拉开序幕。

父亲拿来湿毛巾给我擦了擦脸，一夜慵懒瞬时被一阵激灵所驱散。

父亲再次走向我，元气满满地对我说："咱们开始上体育课！"正当我纳闷之时，他已掀开盖在我病腿上的被，蹲下身子，靠近床沿，用拳头抵住我的脚跟，嘴里喊着"一、二、三"，让我的腿脚使劲发力。他说，长时间卧床不锻炼，腿部肌肉就会萎缩，进而影响到人的身体发育。此时我才醒悟，父亲所说的体育课，原来就是康复锻炼。为了不成为跛脚矮子，为了能尽快下地走路，我必须按父亲说的做。

在父亲一遍遍的"一、二、三"喊声中，一个脸红筋暴使劲蹬，一个眉开眼笑用力顶，你来我往，好似闲来无事、相互顶角较劲的两头牛。

过了大概一刻钟，父亲乐呵呵地说："咱们换个运动方式。"他让我用脚趾头去抓夹他那横放着的手臂。遵照他意，我用力去夹，结果发现脚趾张不开，根本夹不了。

三番五次下来，我心里已泄气，不想再动。父亲依然笑呵呵地鼓励我，不要气馁，要继续加油，人长期卧床不动，就好比机器长期不开动，零件生锈，只有给它开机加油润滑，才会运转起来。

在他不厌其烦地引导与鼓励之下，经过一次次脚趾的张合练习，直到父亲发出"哎哟"一声，我突然明白，我的脚趾开始接受大脑的控制了，只是还不大利索。

我开始有点小兴奋，此时的父亲竟比我还激动，立马站起身来连喊几声母亲的名字，走出房间向母亲报告去了。

听到消息的母亲也激动地来到床前。父亲鼓动母亲伸出手臂让我试着再夹，还说刚才那一下用力很轻，不疼。

母亲听罢，毫不迟疑地蹲下身，伸出手臂对我说："来，夹吧！"

看着母亲期许的目光，我拨动了几下脚趾，像练了几年功夫的武林汉子参加武状元考试一样，稍展拳脚之后一下子用力夹过去，只听得又是"哎哟"一声。

"我说的没错吧！"父亲问着母亲，喜形于色。

"真的能夹了，太好了，有印儿，你看！"站起身来的母亲把手伸给我看。

在母亲白皙的小手臂上确实出现了一道浅红色的夹痕，我还瞄见母亲的眼眶里泛起了闪闪的泪光。

此刻，父亲和母亲那溢于言表的激动深深地感染了我，我禁不住泪眼婆娑。

我知道，母亲眼中的泪不是因为皮肤痛，而是为我稍有起色而欢欣鼓舞，哪怕以自己的疼痛来换取孩子身体的健康。"万爱千恩百苦，疼我孰知父母。"呜呼，可怜天下父母心！

"我该去学校了，今天的体育课就上到这吧，明天继续。"父亲说完，又变戏法似的递给我三本书，"这是你的语文、算术课本，每天上午自己先预习，下午等我回家后再给你上课。另一本是给你借的小说《钢铁是怎样炼成的》，这是一本很有意义的外国读本，值得一看。"说完，父亲便急匆匆地离开了。

我翻了翻语文、算术课本，很多我都会，觉得没意思，随手扔到床边。倒是那本《钢铁是怎样炼成的》引起我的极大兴趣。读着读着，我爱不释手并沉迷其中，真想一口气把它读完。主人公保尔·柯察金那一段段动人的故事和愈挫愈勇钢铁般的顽强斗志不断激励着我。

其实，平日里父亲也给我讲过诸如张海迪等楷模人物身残志坚的故事，只不过我的内心还不愿意相信自己也会成为一个残疾人，因此他们的故事也没能真正触动我消沉麻木已久的心弦。但是《钢铁是怎样炼成的》这本书的的确确激励了我，尤其读到那段经典名句："人最宝贵的是生命。生命对于每个人只有一次。人的一生应当这样度过：当他回首往事的时候，不会因虚度年华而悔恨，也不会因碌碌无为而羞愧。这样，在临终的时候，他就能够说：'我已把自己整个的生命和全部的精力都献给了世界上最伟大的事业——为人类的解放而奋斗！'"这些话语如良医的一剂猛药，唤醒了我沉睡已久的心灵，让我明白生命的可贵与意义，让我更加懂得父亲的良苦用心。

父亲信守约定，每日坚持不懈做我的"私塾先生"。早晨做肢体功能康复训练，上午自习，下午听他讲课。每天下午，父亲把从学校借来的一块小黑板悬挂在我床前的大衣橱上，一只手摁住黑板，另一只手用粉笔刷刷刷地在上面写着板书，嘴上还时不时地讲解着。

板书写了擦、擦了写，余晖中白色的粉笔灰飘落在父亲的黑发上，沾染不落。沙沙作响的粉笔，亦如一把岁月刻刀，不由分说就在父亲饱满的脸庞刻下道道斑痕，铢积寸累，一脸英朗渐成满目沧桑。从父亲的脸上，我读到了岁月的无情以及人间的悲伤。

都说"少年不知愁滋味，为赋新词强说愁"，十岁的我却已受尽病痛的折磨，体会到病榻上的度日如年与生不如死，酸甜苦辣、人间百味，已然识尽，更无欲诉说。

我的日子就如家门前一墙之隔、一路之遥的那条小溪，我听得见潺潺的流水声，却看不见、摸不着、感受不到它的水润和四季变换的风采。所幸，父亲春风化雨般的教诲在润物细无声中滋润着我的心田。

院里那两棵老梨树上叽喳的鸟鸣声，还有小溪里以前玩伴时常发出的戏水声，时不时地钻入耳膜，撞击着我的心扉。

自由与健康，在父亲日复一日地引领下，似两盏航灯，让我越发感受到它们的光彩与明亮，让我日益对它们心驰神往。我努力地锻炼着、学习着，期盼能早日下地走路，重返学校大门，与伙伴们同享蓝天白云下的美好。

药味弥漫的"私塾"里，不仅有"先生"的身影，学校老师也给我以关爱、温暖。施玉球老师，每逢考试都会风雨无阻地把试卷送到我家。我半躺着做试卷，她则坐在床边的驮凳上，静静地等着我做完，然后改卷，讲解纠错。

我人虽不在学校，但每个学期还被评为三好学生或学习标兵，孔德银校长和其他老师还把奖状送到我手上，给我备至的关怀和鼓励。

俗话说得好，"一分耕耘，一分收获"，欣慰的是父亲的付出和我的努力没有白费，记得我挂着双拐返校读五年级时，在这之后的小升初统考里，我的考试成绩位列全乡第三，名列吕小田、孔雄文之后。

弹指一挥间，时光已过四十载。

"沧海月明珠有泪，蓝田日暖玉生烟。此情可待成追忆，只是当时已惘然。"每每想起那间药味杂陈的老家旧屋，心里不免感叹岁月如梦；每每想起施老师一次次地送试卷到家，心中如沐春风、如饮甘霖，让我感念不已。"师者仁心，香远益清。"一个师德高尚的老师，可以影响学生一辈子，让良善之花常开不谢。

我的父亲在我承受病痛磨难的童年岁月里所担负的不仅仅是养育儿子的职责，同时他还作为一位师者给我传道、授业、解惑。父亲让我学以成人、受益终身。他是一个可亲的父亲，更是一位可敬的老师，我永远怀念他！

礼物

儿子放学回家，得意扬扬地拿出一张试卷跟我炫耀，说数学考了 115 分，班里第三名，向我要奖励。我问怎么奖励，他说要网购衣服，品牌随他挑。旁边已读大学的姐姐愤愤不平道："考个小测试你都敢要这奖励，你姐我当初可是只有大考得第一，老爸才能给奖励一餐肯德基！"弟弟回道："老姐，社会发展了，时代不同了呢！"

姐弟俩的讪讪闲嗑，让我不觉莞尔。

是的，社会发展了，生活水平提高了，人们对物质生活的需求也水涨船高，大众对家庭与社会的满意度也悄然发生改变。

礼物，作为礼仪之邦崇礼、明礼，传递与表达良好祝愿的物质载体，是文明社会交往不可或缺的，它所体现的含义与价值必然会随着社会的进步而不同。

在我的经历中，有几个礼物让我印象深刻。

一个文具盒

二十世纪七十年代，在我上小学二年级时的某天傍晚，村里晚上要放电影，我和伙伴们刚把长板凳背到晒场摆好，我那当初中代课老师的二姐走近我，从包里拿出一个盒子，说是文具盒，她到外地参观学习途中看到这只文具盒很漂亮，就决定买来送我。

这是一只塑料材质的文具盒，翻盖上印着几只可爱的彩色梅花鹿，翻开盖子，里面有双层，可放铅笔、橡皮、削笔刀等文具。文具盒在当时的山区农村算是稀罕物了，不要说拥有，大多数同学连见也没见过。这只文具盒让我的同学们羡慕不已，我也视它如宝贝，不准别人碰摸。

在那一穷二白的艰苦岁月，我姐每月的工资也只有十几元，这个文具盒一定花了她好多钱，姐姐的爱让我温暖一辈子。

这只文具盒被我用到开胶破裂，用胶布补得面目全非，直到初中毕业我才停用，到现在还被我珍藏在老家的抽屉里。

一把口琴

我年少时因过于顽皮，致使腿部受伤，患了严重的疾病。当时落后的医疗条件和低下的医疗水平，使得我只能长年累月地躺在县医院的病床上，脚部吊着重重的砖块，不能翻身，更不能下地移动半步。

一日，父亲的一位年轻同事来医院探望我，为了鼓励我坚强地战胜病魔，他送给我一把上海产的口琴，让我照着说明书上写的学着吹。

日复一日的病痛把原先活泼好动的阳光少年折磨得沉默寡言、萎靡不振。身体上长久的病痛，病房里弥漫不散的药味，我觉得眼里的一切都是空洞灰暗的。这把口琴的到来仿若一阵春风，给心灰意冷中的我带来些许的欢乐与生机。每每痛楚难熬，我就拿出口琴吹奏练习，让琴声来排遣心中的苦闷，让琴声来转移我身体的痛感，让音乐来提振我对生活的信心与希望。

这是一个陪我度过苦难童年的礼物，对送我口琴的那位大哥，我铭记终生。

一杯可乐

可乐，作为一种碳酸饮料，在如今的大小超市和街头巷尾的自动售卖机里随处可见，深受大众喜爱。对于它的存在，人们早已司空见惯，不足为奇。然而谁能想到，我为了女儿，曾把一杯可乐从数百千米之遥的宁波带回家，而且作为礼物送给女儿。也许有人会满腹疑惑，这是一杯什么样的可乐，至于大老远从宁波带回来吗？

这事发生在二十世纪九十年代末，一次工作出差到宁波，第二天办完事要返回时，看到街边一家肯德基店，我就进去点了汉堡、薯条和可乐。第一次品尝这玩意儿，感觉既新鲜又好吃，要知道肯德基店在那时的永康县城还没出现。想着家中的宝贝女儿，出来一趟还没给她买礼物，吃完后就买了相同的一份，带回家作为礼物送给她。

当时宁波与永康之间的交通往来只有大巴车，从出差地到回永康的车站还要再转一次车，得花上七个小时左右才能到家，旅途实在辛苦，不像如今有快捷方便的高速公路和高铁。

我将肯德基的那杯百事可乐盖紧盖子，小心翼翼地放进手提包，再用汉堡、薯条盒子以及几份报纸、杂志尽量塞满包内空间，以防途中倾倒。古语说"人算不如天算"，岂料中途转车，后面的人一拥而上，把我用力护住的包挤倒了，心里咯噔一下，糟了！待位置坐稳，开包一检查，果然发现已有一大摊的汁液洒在包里。拿出东西，倒掉漏液，万幸的是一杯可乐还剩半杯。回家拿给孩子，看到孩子吃得津津有味，感觉一路的辛苦与疲惫都是值得的。

红尘万千，礼物纷繁，令我记忆深刻的，莫属此三。

社会进步，日新月异，不管是乐器、文具、饮料还是其他，早已琳琅满目、种类繁多、无奇不有。

商品是反映时代兴盛的晴雨表，消费是百姓生活质量的试金石。

我以为，迎来送往，表达善意，礼物非贵即好，送对就好，不是有"千里送鹅毛，礼轻情意重"的典范吗？

又是一年高考时

又到一年高考时。

早上看到朋友圈，好几位朋友身穿大红 T 恤，站在各考点门口参与爱心助考活动，真为他们的善行义举点赞！

正逢国家繁荣的莘莘学子无疑是幸运的、幸福的，社会发展了，经济水平提高了，一切有利于高考的条件及设施都得到了充分的保障：静音保障、交通管制、考场降温、爱心车队与周到服务等，万事俱备，只待考生安心答卷。

高考犹如一个闹钟，每年时间一到，它就会准时地提醒我，让我自然而然地想起自己的那段高考时光。

对于我们这些"70后"考生而言，七月是一段愁肠百"结"，是一个必须跨越的"节"，更是一个考验心智、关乎自身前途命运的"劫"。

二十世纪九十年代初，山沟农村，衣食尚不富足，我们带着父母为我们省下的白米、吃着学校食堂大蒸笼蒸出的盒饭，就着母亲为我们准备的一罐罐梅干菜和酱豆腐，在高中寒窗苦读三年，一心想要飞出农门，以改变父辈脸朝黄土背朝天、一辈子向土地讨生活的命运。

虽有满腔的雄心壮志，但高考的残酷却把我们打得头破血流，农门依然牢固地立在我们面前，欲破不得，坚不可摧。记得那年我应届高考的龙山中学，一届三个班，有一百多名学生，考进大学的只有三位。

矢志摒弃泥饭碗的同学们选择进城报名去读复读班，我们把这种班称为"高复班"。

当年我们县城开设高复班的地方有图书馆、总工会职校、文化宫等，每个高复班生源都异常火爆。应届高考落榜的我，为了心中的理想，也随着复读大军走进了高复班。

高复班里，农村同学居多。那时因身份不同造成的生活品质差异，使得许许多多农村同学通过考大学来改变自己的身份与命运。然而要实现这个愿望谈何容易，我们要克服诸如家境条件、教育资源、心理压力等困难。

犹记得复读时的日常场景，晚自习要到管理员催促锁门才走，回到租住处还要挑灯学习到十二点才睡觉休息，半个月甚至一个月才骑趟自行车回家带米带菜，吃的菜基本也是自带的各种干菜，当然偶尔也去食堂买份小菜改善伙食。

初进高复班，以为同学都如我一般第一次落榜复读，渐渐熟识后方才得知复读两三年的大有人在。一位家境贫寒、随改嫁的母亲迁到一个山村旮旯的大哥告诉我，他已考第八年了，因年龄限制，只能最后一搏了，他自嘲是一名久经考场的"老童生"。

这位大哥非同寻常的经历让我惊讶，他那百折不挠的精神，更让我敬佩。好在他八年的艰辛终得回报，终于考上当时的杭州大学（后来与其他院校合并为现在的浙江大学），毕业后被分配到省城检察机关工作，后又娶了个家在杭州的大学同学做老婆。正可谓：寒窗苦读，青山咬定，穷山沟里飞出金凤凰；出类拔萃，学业有成，象牙塔上抱得美人归。

遗憾的是，我没有老大哥那种屡败屡战、锲而不舍的精神，历经两次复考的失败，我选择了放弃。我想，能改变人生命运的，一定不是只有高考这座独木桥，只要勤奋肯干，在其他领域照样可以成就一番天地。

告别校园，我被招进一家大型企业上班。在厂里，通过自己的勤奋努力，提干入党、娶妻生子，还被选拔到浙江师范大学进修学习，圆了自己的大学梦，让自己各方面能力都得到锻炼、提升。对这段宝贵的人生经历，我心怀感恩并铭记终生。

弹指间，近三十年过去，社会的发展与变化已是"天翻地覆慨而慷"。山清水秀的大美乡村已是城里人的度假胜地，铁饭碗早已打破，农村户口变得比城镇户口更吃香，正应验了那句"三十年河东三十年河西"的俗语；大学渐成普及，不再是遥不可及；就业门路已是五花八门，打工、办厂、代驾、炒股、外卖、快递、主播带货、网络微商，只要脑子活络，一部手机就能各显神通、丰衣足食。

生逢盛世，有道是：狂歌笑，青锋傲，御剑乘风踏凌霄。天也高，云也高，鲲鹏展翅任翔翱！

《长毛花》油口歌及名称由来

我们这些二十世纪六七十年代出生的人都会唱一些油口歌。

所谓油口歌，就是唱起来押韵顺口，词句短小，略带嘲讽意味的歌谣。在那个"通讯靠吼，交通靠走"的年代，唱歌基本都靠相互传唱的形式来自娱自乐。而油口歌是最适合小家伙们歌唱，也最受其喜爱。

在当时一些大人们的眼里，"油口歌"一词，不仅仅指歌唱的一种形式，还另含一种贬义，即油腔滑调、漫不经心、应付了事的意思。比如，考试不及格，家长就会斥责孩子"读书读油口歌欸，一点也勿上马正经读"，也就是一点都不用心读的意思；又如，我们能把课文背得很顺畅，老师或家长让我们说说其中的一些意思，而我们又说不出个子丑寅卯来，他们就会责备"读书油口歌"。

在孩童时代唱过的一些油口歌中，有些虽然已过了四五十年光阴，但至今仍记忆犹新、张口即来。比如这一首《长毛花》："长毛花，红乃乃（红艳艳），山里婆娘出脚拐（露脚踝）。囡囡孙，嫁驮伯（大伯）。驮伯会撑船，小叔会赚钱。赚点派（破）铜钱，那（给）小婶买丝线。丝线寸寸断，买鸭卵（鸭蛋）。鸭卵香，买砂糖。砂糖甜，买双鞋。鞋难穿，买双靴。

靴结角（不合脚），买把轿。轿难坐，去烧锅。锅难烧，买根箫。箫难吹（读"区"音），买本书（读"需"音）。书难读，买块肉。肉好食，上下街沿稀地得（读"děi"，肚泻拉稀之意）。"

《长毛花》这样的油口歌除了小孩歌唱娱乐，其实还反映了当时困窘的生活现状，以调侃的口气来抒发普通百姓对美好生活的憧憬，内容貌似粗俗，但实际上表达的是一种民间最朴素的情感。

长毛花是我们老家一带山区里一种最为寻常的花，学名叫杜鹃花，又叫映山红。

每年的四五月份，在家乡的崇山峻岭上，到处盛开着红艳艳的杜鹃花，它开得奔放热烈，不争奇，不娇贵，越是悬崖峭壁，越是夺目怒放。它漫山红遍、绚丽多姿，远远看去，像燃烧的火焰，像喷雾的红霞。

书籍中有关杜鹃花记载甚广的一个典故是：传说古代蜀王杜宇，因思念爱妻病故，于是化作一只杜鹃鸟，日夜悲啼，满嘴流血。凑巧杜鹃鸟鸣啼之时正是春夏之交一种红色山花盛开之时，人们说这是杜鹃悲鸣流血染红的，故叫杜鹃花。

长毛花，是我们永康上角（上半县）棠溪、柏岩、西溪、桥下、四路一带人们的叫法，永康下半县人叫它"毛节花"。

记得小时候看电影《闪闪的红星》，电影里把这种开满山岭的鲜红的花叫映山红，我很好奇，就问我那教书的父亲，为什么我们这里把这种花叫作长毛花？父亲向我解释道，清朝男人都是剃头扎辫子，起义的太平军不留辫子，他们让长头发披散下来，清朝统治者就蔑称他们为长毛。

太平天国的侍王李世贤，率领队伍攻打金华、衢州等地，几乎所向披靡、攻无不克，但在永康上角龙山太平村一带，城防要地几度攻占又几度失守，战争惨烈无比，山头、草木都被鲜血染红。此地百姓为了纪念太平军，便把这种花叫作长毛花。

正所谓：

雏儿朗朗长毛歌，

油口相传童趣多。

年少不知其中味，

杜鹃喋红映山河。

更好的生活

闲情逸致添美好

以往为生计、事业奔波劳碌，无暇顾及原先的一些兴趣爱好，趁着难遇的闲淡长假，可以重新拾起。

我年少时有吹拉弹唱的爱好，平日里本就钟情琴棋书画，现在终于有了大把的时间，可以心无旁骛地潜心研学，提升技艺了。

书架、书桌与床头长久没动的书，现在可以泡杯清茶，静心品读了。

家里阳台上养的那些花花草草，平常无暇顾及、疏于管理，此时有充足的时间给它换盆添土、修枝浇水了。只要精心打理，定会草更绿、花更艳，蓬勃焕然的生机给人以美的享受。

平时没空在家给儿女们做饭的妈妈，如今可以下载一些做菜的应用程序或从抖音上学做美味佳肴，把学到的一些美食做法和知识与闺蜜交流分享。"人生唯有美食不可辜负"，微信朋友圈"包子油条铺天开，蛋糕菜品满眼飞"的美食热潮，也印证了很多人信奉与践行着这一格言。

如果你没有什么兴趣爱好，也可以趁此时机培养。

兴趣爱好可以防止人变得迟钝、呆滞和心理上的闭塞。

卡耐基关于兴趣爱好有一句名言："人人都应有一种深厚的兴趣或爱好，以丰富心灵，为生活添加滋味，同时也许可以借着它，对自己的国家有所贡献。"

蕴含兴趣爱好的闲情逸致，是人间烟火的一种调味剂，它让你的生活更加多姿多彩、有滋有味。

接膝围坐融亲情

快节奏的现代社会，生活总是匆匆。

父母忙于事业，儿女忙于学业，一家人总是聚少离多。

如今，因为疫情原因一家人闭门不出，我们正好利用这个机会陪年迈的父母聊聊天，全家人一起追追剧，或陪黄髫小儿做做游戏、讲讲故事，或与平时疏于沟通而心生罅隙的丈夫或妻子一起烧饭做菜。

"我情与子亲，譬如影追躯。食共并根穗，饮共连理杯。衣共双丝绢，寝共无缝裯。居愿接膝坐，行愿携手趋""老妻画纸为棋局，稚子敲针作钓钩"，古代诗人笔下一家人其乐融融的场景，今日均可以重现。

"做最香的饭，睡最长的床，吻最爱的姑娘，吃最甜的糖"，这恐怕也是这段非常时期意想不到的收获吧。

萧萧寒冬一点翠

萧萧寒冬，岁末年初，我常驻足于阳台的方寸之间，观赏那一盆盆的绿植，看着这些生机勃勃的翠绿，憋闷已久的心也能得到一些舒缓，并生发些许暖意。

我写不出振聋发聩、激荡人心的诗文，就写写我与阳台上的那些绿植吧。我的寻常就是花草风月，反正闲着也是闲着。

闲暇时光，我总爱养些花花草草，家里阳台、办公室边角，方寸咫尺之间，瓶瓶罐罐之上，或青葱翠绿，或姹紫嫣红，甚是养眼，其中就有我最钟爱的多肉植物。

与你一见倾心，再见倾情

见到你是在不经意间，那是多年前的一天，刷手机朋友圈，手指滑动间，几张照片跃入眼帘，让我双眼猛然一亮，圆润肥厚的叶片，青翠欲滴，胖嘟嘟、肉萌萌的，可爱极了，一下子把我深深吸引住了。于是赶紧询问朋友，这种东西是何方"尤物"，哪里有卖。答曰：多肉，农贸市场和村镇市集上都有。

一个春光明媚的周六，适逢小城集市，于是急忙忙、兴冲冲地前往城郊的农贸市场，想尽快一睹它的芳容。

在熙熙攘攘的农贸市场一隅，终于见到了心心念念的它。

摊上的多肉色彩斑斓、品种繁多,有晶莹剔透的玉露,有蜡黄胖嘟嘟的黄丽,有趣怪毛茸茸的熊童子,有大家闺秀般的花月夜,有小家碧玉似的吉娃娃,有圣洁雪白的仙女雪山,有深情内敛的黑王子,有高贵神秘的黑法师等,林林总总,形态万千,尽显千娇百媚之风韵。

我一边慢慢地观赏,一边一盆盆地查看上面所贴的标签。

诚如其名,一枝一叶,尽显婀娜,莫名的吸引与怦然心动在此不期而遇。

俗语说,心动不如行动。在一番精挑细选之后,我终于满心欢喜地购得数盆。

我与多肉,一眸相遇,钟情便在晓月弯眉间。

一场邂逅,身心便掉入它的一湾温柔。

你虐我千万遍,我待你如初恋

初涉"肉圈",平素珍若它为掌上明珠,小心谨慎,精心侍候。

怕它经受不住风吹雨淋日晒之苦,小心翼翼地一直把它养在室内,如待千金大小姐一般,好生伺候,时不时地去关心抚慰一下。怕它渴了,给它浇点水;怕它饿了,网购一些绿肥给它施上。

结果不到两个月,肉植全部凋零,通通弃我而去。

心痛惋惜之余,便再去购买一些来,又是几番自以为更加精心的养护。

据说，多肉无须频繁浇水，放在室外露养最好。于是便一盆盆不厌其烦地从室内搬到室外，让它们充分沐浴大自然的阳光和雨露。

从春末到夏初，肉植们一直状态良好，心中窃喜，以为悟到了养护的真谛，以为从此岁月静好、现世安稳。

随着江南梅雨季的来临，不知天公是因春姑娘的翩跹离去而"东篱把酒，相思碎"的感伤，还是喝了采春花、春水、柳梢月酿成的春酿，太过浓郁芳香而不胜酒力，天公竟耍起酒疯，一会儿给个半天的炎炎烈日，一会儿又给个一周的连绵阴雨，或笑或哭，忽晴忽雨。以为天公的变幻莫测和琢磨不透，只与多愁善感之人有关，与肉植毫不相干，以为它们会安然无恙，故而有了一些疏忽，亦少了每日对它的殷勤照料。

殊不料，有一天突然发觉，两盆原先青翠欲滴的玉露已化成泥；丰硕饱满的桃蛋，枝头上孤零零地仅剩几粒且已黑斑点点；俊秀挺拔的法师，叶片发蔫，茎秆已部分干瘪发黑……

一切惨不忍睹，不由得阵阵心痛。为了得到它，我可是一次次咬牙掏出一笔笔价格不菲的花费呀，自己尽心倾力地付出，如今却付之东流。

有心栽"肉"，"肉"不留。感伤之余便发誓，今后不再去碰烧钱烧心的它们，远离"肉坑"。

过了一段没有多肉相伴的日子，心里空落落的感觉如盛夏的蝉鸣日渐滋长，特别是每每看到墙边一个个光秃秃的空盆子，那种失落感就会一下子膨胀开来。

终于，在另一个集市里，经不住摊上琳琅满目、萌态可掬的肉肉们的诱惑，又心痒手痒地购入了一批。

阳光总在风雨后，锲而不舍得真知

经过两年多屡养屡败、屡败屡养的反复探索，又经本市养多肉达人跃哥不断传授经验，种养的多肉总算逃过了"全军覆没"的厄运。有一些终可以顽强地度过劫难，它们自由地吸天地之灵气、沐日月之精华，开始茁壮生长。

看到它们的色彩由原先的翠绿变成淡红直至深红、墨紫的变色过程，看到它们历春之盎然、夏之蓬勃、秋之灿然、冬之素裹，我欣喜不已。

在永康这个江南小城，要养好肉植并非易事，我想众多的肉植爱好者肯定深有同感。我们的地域环境四季分明，肉植要历经寒冬与酷暑的考验，最关键的是绵绵梅雨与炎炎夏日这两种极端气候接踵而至，肉植们要么因经受不住酷热干枯而死，要么因长时间高湿高温，通风不畅，得霉菌病腐烂致死。特别是夏季，选一处既要通风又要阴凉的栖息之地是度夏的关键，可以说夏天是绿植们的"夏劫"。肉植好看，可也坑深似海呀！

学无止境，且学且养。肉植大咖说，他们的成功都是踏着一路的"肉尸"跌跌撞撞走过来的。

一盆盆枯枝败叶曾让我几度想要放弃，但终凭着一股热爱和坚持，渐渐积累了点滴经验。

阳光总在风雨后，这是不知被多少前行者的汗水所换来的成功信条，养花养草如此，我们当下面对的生活又何尝不是如此呢？

生活的美好，在于拥有一份喜好与知足的心态

有人爱吃美食，有人喜舞文弄墨，有人好养花弄草。如果你懂得知足于这份喜好给你带来的快感，生活处处有美好。

与多肉植物相处的时光里，肉植们是安然的，我是欢愉的。

弘弘寰宇，大千世界，貌似天马行空，互不相干，实则聚散有缘，有因有果。你栽一叶青绿，得一树浓荫；你插一株秧苗，得盈盈米饭；你屠戮生灵，践踏自然，自然自会让你付出惨痛的代价。人类、动物与自然的和谐相处关系是否被人类贪得无厌的索取打破了？

咫尺阳台，绿植妙趣横生，翠色欲流。"火祭"枝蔓拥簇，红得像一盆流火；"红腹锦"翠紫相间，长叶锦簇，亭亭玉立，宛如一位秀外慧中、充满朝气的女子；高脚紫砂盆上的白凤，疏影横斜，老干虬枝，短枝在盆中兀自矗立，长枝斜伸出盆，遒劲地垂落于盆腰，宛如悬崖峭壁上的崖柏，给人一种经风历雨的沧桑感；边上那一树金黄的"佛手"，有的伸出修长的玉指，指尖作聚拢状，仿若如来神掌试图抓住恶魔，有的则握紧五指，恰似给团结抗疫的人们加油打气。

斗室景秀，不及湖光山色、浮岚暖翠。

时已立春，寒极必暖，否极阳回。祈望早日云开雾散，使我等可以走到户外，自由逡巡于花红柳绿间。

厚泽丽州有唐先

唐先是个地名，于我并不陌生，在我们永康上角那一带，乡亲们一直把唐先叫为塘西。少时曾有疑问为何明明是同一个地方，却有两种不同的叫法，长辈说那是上角人与下角人腔调不同的缘故。

随着年龄的渐长，接触面增多，新疑问又出来，为何公共场所与报刊上见到的文字都是唐先，而非塘西或塘先？按理腔调发音不同，文字书写应相同。虽有疑惑，却也一直未去探究，只是一直存疑于脑海。

直到近日赴唐先采风，听闻镇里领导介绍，心中谜团才豁然得以解开，原来唐先本名叫塘西，早在远古陶唐时期就有陶唐先民在此耕作生息，后官方因宣传需要就易名为"唐先"了。

唐先镇，为我们永康市一个北部重镇，历史悠久，文化底蕴深厚。

据《胡氏家谱》记载，北宋至清末的八百余年间，此地先后出过十八位进士。又据《永康县志》记载，唐先早在1912年就已建镇。

唐先，物产丰饶，声名远扬。我对唐先的最早见闻源自这里的一山、一姜、一葡萄，由此感受到她与我们永康人的生活息息相关。

一山

一山，即五指岩。五指岩，因远观形象如人之五指而得名。五指岩在永康的知名度，虽没有"胡公赫灵"之方岩山有名，但也仅次于方岩山而已，她五指擎天，壁立如削，雄奇壮观，被称为五指探云，为永康十景之一。

华夏百姓历来就有佳节登高望远、祭祀怀古之习。

在永康，人们除了去方岩山朝拜"胡公"祈求显灵，也有许许多多的人喜欢登临"五指圣山"览胜祈福，因为五指岩不仅有雄奇旖旎的风光，还有众多的神话传说与人文史迹。

当地民间传说，孙猴子在天宫打闹，惹是生非，如来一个巴掌压下，五指就化成了压住孙猴子的五行山。孙猴子困压山下五百年被唐僧救出后，当地百姓请求搬掉五行山，于是如来派大力神把五行山搬到了东海之滨的八婺丽州，故此就成为永康的五指岩。

从小到大，对乡邻长辈口中的五指岩，我一直心生向往，但总惧于"方岩高高，不及五指岩半山腰"这一形容五指岩高耸险峻之民间传闻，直到2018年，在一众友人的极力游说下慕名前往，才得以了却多年心愿。

五指岩像五指，名不虚传。在山势险峻、狭窄崎岖的小道上，我们真真切切地感受到了她的高耸威严与敦厚凝重；在怪石嶙峋、林木森森的重山间，我们探寻着唐高僧洪雅禅师与宋廷礼部吕皓大夫在此隐居修行的痕迹，想象着宋状元陈亮、宋枢密院都丞相何子举、明国师刘伯温等名人雅士在曦光微照、朝雾缥缈的山林中挥剑起舞、吟诗著文的场景。

在登临五指岩顶峰的时刻，我们慨叹"山登绝顶我为峰"的壮志与豪迈；在极目远眺丽州大地时，感悟"地到无边天作界"的虚怀与自己的渺小。

我想，正由于五指岩亘古千年的魅力和膏腴之壤的存在，才造就了唐先乡民的生生不息与今日生活的祥和富庶。

五指岩的美，美在形胜，美在内蕴，美在直抵人的内心深处。

一姜

一姜，即五指岩生姜。五指岩生姜因五指岩而得名，故又被称为五指姜。

此姜盛产于永康市唐先的五指岩，那里地势高耸、云雾缭绕，特有的地势、气候与土壤造就了五指岩生姜独特的风味。

在我十几岁时，印象之中五指岩生姜就在我们那一带的乡下市集中被乡邻们钟爱，其时经济萧条、生活困顿，但很多长辈总会设法挤出一点儿辛苦钱，特意去买上一块五指岩生姜当作作料，或炒或炖，尝鲜解馋。

十来年后，我到永康城里工作，五指岩生姜在城内的华丰菜市场等大小菜市场更是备受广大市民青睐。

将金黄饱满、鲜嫩细腻的五指岩生姜切成薄片，和生鲜肉片一起烧炒，做成一道辛香爽口的"岩姜炒肉"；或和老母鸡一起，炖一锅鲜香浓郁的鸡汤，都是永康人口中必不可少的美味佳肴。

生姜味辣性温，它不只是一种提鲜、调味的食材，也是一种具有散寒发汗、化痰止咳、和胃止呕、美容养颜等医疗保健作用的药材。民间有"冬吃萝卜夏吃姜"之说，还有"每天三片姜，不劳医生开处方"的谚语，药圣李时珍亦在《本草纲目》中有"姜辛而不荤，去邪避恶，可蔬可和，可果可药"之说。

五指岩生姜作为姜中上品，受到了人们的热烈追捧。五指岩生姜与其衍生出的产品如姜糖、姜茶等，不仅影响着永康人的饮食健康，随着互联网信息产业的发展，它更是声名远扬，上了中央电视台，走进国内千家万户的餐桌，甚至漂洋过海，饮誉世界。

得益于生姜作物的唐先乡民，盖了新楼房，修建了新公路，购买了新汽车，到处是一片欣欣向荣的新农村景象。

五指岩生姜，从小处说是鼓起了唐先乡民的腰包，从大处说则是提高了百姓去病强身的能力，丰富了中华饮食保健文化。

一葡萄

一葡萄，即是唐先红富士葡萄。有人这样描绘人间八月：八月是用金子铸就的，明亮而珍贵；八月是用阳光酿造的，芬芳而灿烂。漫步在唐先的乡野垄亩间，我眼中的八月是用一颗颗紫玛瑙、绿玛瑙缀连串成的，晶莹剔透、鲜嫩水灵而又散发着淡淡的清香。身处珍珠翠色间，我唇齿生津、垂涎欲滴！

每年初秋时节，唐先十里葡萄长廊的葡萄成熟了，永康市民大饱珍果美味的日子来临，果农的心也如葡萄汁般甜丝丝。

唐先葡萄的品种有红富士、藤稔等十几种，但尤以红富士葡萄最负盛名，产量也最多。

如果说十年以前唐先葡萄还得靠果农自己挑着担子，走街串巷去吆喝售卖还担心卖不出去的话，如今的唐先葡萄已是"皇帝女儿不愁嫁"了，而且比其他产地的还要来得金贵。

得益于镇政府对果蔬产业的大力支持与宣传推介，以及休闲观光采摘游的兴盛，红富士葡萄以其果大形美、皮薄无籽、鲜嫩多汁、甘甜可口、香味浓郁之特色，吸引了众多游人和商户上门采摘、采购。

唐先人民，从事着"甜蜜的事业"，享受着"初恋般甜美的生活"，同时也为永康大众的美好生活输出了甜蜜与幸福。

唐先，因葡萄闻名遐迩，被授予中国红富士葡萄之乡的称号，成为唐先人民手中一张响当当、沉甸甸的金名片！

流连于青山绿水间，听着"十兄弟牵金水牛""石猴藏姜""姜生救葡娘"等美丽传说，感受着这片热土给予丽州苍生的厚泽。

秀美唐先，物华天宝。她闻名的远不止一山、一姜、一葡萄，还有太平莲子、上考红糖、太平有机鱼、唐先牛血汤、迷你小番薯、清塘黄金梨等被称为"唐八鲜"的珍品。

物华唐先，信哉斯言！唐先之于丽州的厚泽，有如昂霄耸峚的五指岩一样厚重博大，有如发源于五指岩山涧的华溪清流一样源远流长！

古村美韵在舟山

初冬周日，久雨初霁，告别连日阴雨天气下城市水泥高楼的阴冷，与一众好友驱车前往舟山，探访古镇民居的清韵。此舟山是指永康舟山镇，而非浙江省舟山群岛。

途经永康最美网红乡村公路——临石线舟山段，两排深褐色挺拔粗壮、绵延向前的水杉，树底下一溜儿棕黄落叶，仿佛铺上了厚厚的一层地毯。

初冬之际，宝塔形枝干上的细叶尚未落尽，和煦的阳光照在片片针叶上，那一抹抹如箭镞般伸向天空，那一排排延伸至远方的"棕红"，美到让你惊艳，美到让人仿佛置身于一幅大师绘制的唯美油画里。

永康舟山镇的古村落民居建筑群主要集中在舟二古村，舟二古村距今已有八百年历史，古村不光具有悠久的历史、丰厚的文化底蕴，更难能可贵的是一代又一代古村人把独具特色的古民居建筑群传承保留至今。

此次到舟二古村，我们是慕名来访。

沿着九曲溪舟山溪徜徉，绿水潺潺，一座取名钦圣桥的朱栏、黛瓦、飞檐的木质拱式廊桥横跨溪岸。

前方的陬山，不高不矮，山色如黛，山岚氤氲。

近处溪岸埠头，三三两两的村姑在洗洗涮涮，不时传来"啪啪啪"的捶衣声。"越女芙蓉妆，浣纱清浅水"，远山、近水、浣女，好一幅有声有色的江南画卷。

流连在古村每一条幽深的街巷，领略着她的绝美，感受着她的岁月沧桑。

舟二古村的美，美在幽静。踏入古村，首先让你感受到的是其淳朴与幽静。村里的老人三三两两地坐在院前墙根儿的竹椅上，边闲聊边晒着太阳；或双手拢进袖子坐在四合大院里的长条木凳上静静地发呆，有游人近前，老人会微笑着向你点头致意。

而慵懒地窝在老人脚边的大黄狗和院角花盆里数朵不知名的粉红花则自顾自地享受着初冬的暖阳，懒得搭理你。

在这里你见不到、听不到其他景区里那种过分商业化行为所带来的嘈杂与喧嚣。

这里适合你静静地"听心"和"赏心"。

舟二古村的美，美在风韵。村内至今仍保存着上百幢明末至民初的古建筑。

斑驳的青砖外墙经历了尘世的沧桑，穿越百年时光，却隽永依然。

在以黄印若公祠和传灌三层楼为代表的民居古建筑"青砖小瓦马头墙，回廊挂落花格窗"，楼内各种活灵活现、栩栩如生、寓意吉祥的木雕、石雕和砖雕构件充溢着明清气息的中国风，让你觉得于你面前和你欣赏着的是一位正在锦上绣繁花的庄重素雅的明清仕女。

同样在黄印若公祠和传灌三层楼镶嵌在外墙上的百叶木窗、圆拱曲面、罗马柱和室内窗玻璃的应用，则体现了一种别具一格的西洋欧式风，让你的眼前为之一亮。

这种洋为中用、中西合璧的风格宛如沈从文笔下民国时那位端庄而又温婉的九妹——她烫着时髦的卷发，身着一袭旗袍，款款地走在雨后街巷，让人一见倾心。

舟二古村的美，美在构思。民居建筑海、陆、空三位一体、进可攻、退可守的构造特点，在中国民居的建筑史上也是特色十足。看似独立的每幢民居建筑，通过街巷上方的"骑街楼"连在一起，使建筑二层互通，并一直通到后山脚，以便战时相互策应与迅速撤离。

你再细看街巷高墙，就会发现其中暗藏的玄机。墙体上有外小内大的枪眼和瞭望口，还有上下连通的炮楼。更具奇思妙想的还是深凿于地底、环绕于村庄且一直通到外围舟山溪的下水道，这下水道既可用于排水排涝，又可作为逃生通道。

这些兼具攻防逃生的巧妙设计让我们不得不佩服先人的聪明与智慧。

舟二古村的美，美在有内涵。舟二古村有着深厚的人文积淀与历史底蕴。

这里居住着的是北宋文学家、书法家黄庭坚的后裔，自古文脉昌盛，崇祖重礼。

古有明代精忠报国、勤政爱民的黄卷黄御史以及饱学尚文、脍炙人口的名儒千顷、千仞二公，今又有科技报国、桃李满天下的中国工程院院士、被授予"航天部有突出贡献专家"和"航天劳动模范"称号的黄文虎；有以孝为先、孝感乡邑的清代黄秀才和孝友睦姻的奕兆公；有明末清初守仁慕义、拾金不昧的黄承勋和仗义疏财、乐善好施的镇亭翁；有清代耕读传家、义方教子的吕孺人和徐孺人；更有张三丰滴水成酒与神奇狐狸的奇异传说。

陪同我们一路讲解的"舟山活字典"、景区首席讲解员黄光荣老师，说起古村的建筑历史和人文典故简直是如数家珍，听得我们是如痴如醉。

从古至今，舟二古村钟灵毓秀、人才辈出，其丰富的文化内涵与厚重的历史价值，值得我们去探究、学习与传承。

行走在纵横交错的小巷，踏着幽深小巷里的青石板，回味着时空的星移与斗转。

阳光洒在探出院墙满树红彤彤的柿子上，炊烟从古村正午的时光里袅袅腾腾。

"绿树村边合，青山郭外斜"，山环水抱、藏风聚气、宁静祥和的舟二古村是一个沉静与慰藉心灵的桃花源。

舟二古村是碧水舟山生态小镇的特色之一，听闻舟山的"湿地和岩宕"也魅力不凡，期待下一次心灵与美的邂逅。

洗尽铅华香如故

——古山七棚头"三雕"之美

历史的长河绵绵不绝，积淀下凡尘烟火无尽的爱恨情仇。中华的文明博大精深，凝聚了华夏儿女无穷的智慧结晶。上下五千年的中华文明璀璨绚丽，经风历雨，屹立不倒，在九百六十多万平方公里的土地上，展现给世人绚丽多彩的思想华章和生活风情。

中国人素有安居乐业的传统祈愿，《老子》有云："甘美食，美其服，安其居，乐其俗。"人们把拥有安定的居所作为愉快劳作和快乐生活的前提，足以说明居所在人们心目中所处的重要地位。

居所反映了人类进化与社会发展的程度，它从最原始的御寒挡雨、躲避野兽等最简单和最朴素的庇护功能，发展演变为居住休憩、休养生息的住所，再到工作、生活和娱乐等功能逐渐复杂多样的人居环境。

华夏民族作为人类种群的一个重要支系，其居所的形式与结构也经历了一个由简入繁的过程，大致有以下四个阶段。

第一阶段为最原始的穴居时代。《易•系辞》里讲"上古穴居而野处"描述的就是五十万年以前山顶洞人所处原始社会人类利用天然洞穴作为休憩场所。

第二阶段是半穴居时代，时间约从公元前八千年到公元前二千年，这一阶段的人们开始使用黄土层作为墙壁，用木构架、茅草树枝建造半穴式或干阑式住所，建筑的形式开始正式出现，如陕西西安的半坡遗址和浙江省宁波市余姚的河姆渡遗址。

第三阶段是庭院时代，时间跨度很长，从公元前二千年至二十世纪初，由木架、夯土庭院式建筑发展到规模宏大、组合繁杂的砖木混合建筑群。这一阶段，人们所居住建筑物的结构、形式和功能趋向复杂，出现人群聚居的城市和行使管理职权的宫殿、祭祀建筑和死后安息的陵墓等。这一阶段融合人文思想的中国古建筑从简朴形式的雏形走向繁华的顶峰，如初始时期夏朝的城市遗址河南二里头遗址，成熟阶段的代表有北方的四合院、南方的天井院落、北京的紫禁城等。

第四阶段是楼房时代。社会经济和工业机械的迅猛发展，带动人居建筑向高效、快速建造的人口密集型钢筋混凝土结构发展。高楼大厦林立与城市发展日新月异的"深圳速度"，便是该阶段建筑发展的典范。

随着社会经济结构的变化和发展，原先祖祖辈辈居住在乡村从事农业生产的农民，陆续走出家门，告别黄土地，向经济较为发达的城镇区域转移，古老的乡村民居因长期无人居住或年久失修而逐渐荒废，一些古村落的宗祠和古建则因文物保护意识的缺失和经济利益的短视而被人为拆毁。

在中国上千年封建社会的演变史中，勤劳的中华民族曾创造了大量充满智慧的庭院式民居古建筑，特别是在安徽、江西、浙江一带，到处都矗立着或简朴或繁华的徽派、婺派民居和宗祠，但是受现代文明与意识形态的冲击，留存至今的已不多，保存完好的更是凤毛麟角，如安徽黟县的宏村、西递，浙江省金华市兰溪的诸葛八卦村、义乌上溪镇的黄山八面厅等，白墙青瓦、飞檐翘角的院落，错落有致的马头墙，依山傍水，别具古朴风韵。

在江南永康，也有一处独具一格的民居古建，它就是坐落在古山镇古山一村东南端的"七棚头"。一个偶然的机会，我走进这个古宅民居，其构建规制让我震惊不已。

七棚头古民居即古山胡氏旧宅，建筑正立面共有七个高低起伏的五花马头墙，故俗称七棚头。主轴棚头墙体为四柱五楼式，砖雕门楼巍峨高大、豪华气派；其余棚头左右三面对称分列其两端。

该民居为坐西朝东、三进、两层楼式砖木结构，通面阔约六十六米，通进深约四十米，占地面积达两千七百多平方米，有正房七十一间，大小天井十四个。

一座规制如此宏大的古建民居在江南实属罕见，是谁能有此财力建造如此恢宏的家居寓所呢？

据介绍，该民居始建于清朝嘉庆年间的1808年，由当时永康最大的火腿商、古山胡氏静山公所造，距今已有二百多年的历史。青砖黛瓦马头墙的庭院，属典型的江南浙中婺派建筑，其建筑构件三雕——砖雕、石雕、木雕，造型形象生动、寓意丰富，镂刻细致秀美、巧夺天工，令人叹为观止。

砖雕之美

砖雕是婺派建筑的一大特色，它在建筑当中起到实用与装饰的作用，给人以视觉上美的感受。砖雕主要用于门楼、门楣、门套、屋檐等处，使建筑物显得大方、庄重、典雅。

七棚头的砖雕主要集中在七个棚头的外墙立面上，尤以居中主棚头的门楼为甚。门楼是一座建筑的门面，彰显着主人的身份、财富与地位。在这座高大气派的主门墙体上，拼砖镶嵌赋有含义的大幅砖雕组画就有九幅，尺寸最大的画幅长约两米八、宽一米，这样宽幅的砖雕作品有两幅。尺寸小的就是在一块砖上雕刻的饰件。

中华民族有着悠远绵长的灿烂历史和博大精深的文化底蕴，我们的先民有在流传久远的一些山石、建筑等物体上表达各种美好愿望的传统，同样，这一传统在古山七棚头这座古建民居上也体现得淋漓尽致。在大小各异的砖雕上，雕刻题材多种多样，有动物花卉、山水景色，寓意鲜明丰富，有表达祥云升腾，紫气东来的；有写意花团锦簇、家庭和美的；有凤凰于飞、期盼婚姻美满的；有喜鹊鸣枝、好运喜临门的；有莲蓬垂枝，祈求多子多孙、满堂祥和的；有双龙戏珠、辟邪纳福的；有风松鹤立，祈愿延年益寿、福泰安康的……

七棚头的砖雕图案惟妙惟肖、传神逼真，雕刻刀法或粗或细、或深或浅，层层雕琢堆叠，将动物、枝叶的形态体现得出神入化，每一幅雕刻的每一处细枝末节无不体现出独具的匠心与巧妙的构思。观赏一幅幅砖雕作品，不仅让人感受到画作本身的质朴美感，也可领略到画面饱含的美好意蕴。

仰望主棚头上三间四柱五楼建构的门楼，粉墙黛瓦间的飞檐翘角，高低错落间的挑梁横枋、层楼飞甍中的镶雕嵌匾无不感受到一种结构之美、韵律之美，有如欣赏一位从历史深处款款走来的黛眉皓齿、凤冠霞帔、端庄富丽的雨巷佳人。

石雕之美

漫步在七棚头三进四围的院落内，一些石雕巧作总会不显山不露水地在蓦然回首之间映入眼帘。

石雕材质较青砖、木材更坚硬，其雕刻风格也更加粗犷豪放，给人一种大气、硬朗之感。

在七棚头门楼脊顶与正厅屋脊处有一些石质脊纹装饰件，这些装饰件除了具有很好的装饰作用，更是古人用以镇宅、保宅、安宅，从而被赋予了驱除邪魔、降雨灭火、逢凶化吉等多种寓意。屋脊正中形体饱满、线条流畅的石葫芦，寓意保平安、得富贵。位居石葫芦两端的龙头鱼身神兽，龇牙咧嘴的龙头伸出海浪，而鱼尾巴高高翘起伸向天空，饰件整体用镂雕的手法，将神兽、巨浪的动作雕琢得生动形象，表现蛟龙出海、力争上游的气势。这种龙头鱼身的神兽，叫鳌鱼，寓意降雨、镇火、保平安和祈求事业顺遂、独占鳌头。究其起源，据说汉武帝造"柏梁殿"，遭火殃，方士上谏说："南海有鱼虬，水之精，激浪降雨，作殿吻，以镇火殃。"从此，民间效仿并流传开来。

　　七棚头内石材最多之处是在各外墙门口和天井内。这种石材为永康本地产青石，因其质地坚硬、不易风化，故被用作各处外墙进出门口的门套。七棚头所用的门套石不像其他地方那样直接用四块条石构成，而是在两根柱石与上部楣石之间，左右各嵌进一块梅花状角石，这样就使原本简单粗犷的石材门套在散发阳刚、稳重之气中又含有一丝江南的柔美。更难能可贵的是，这两块梅花状角石皆以榫卯的形式嵌入，而且两根柱石的外边角也不是尖锐直角，而是经过人工打磨进行了钝角化处理，这些细微之处的精心设计，体现了匠人对美的理解及其专业性和用心程度。

　　在古宅天井内，因青石能经受得住雨水经年累月的冲刷与侵蚀，故在大小十四个天井内均采用青石作为阶沿石。中轴主门进去的"一进"天井是整个古宅里最大的天井，所用阶沿石尺寸之巨大让人有些惊诧。这些巨大的阶沿石从山里开采，须选用大块且无瑕疵的石料，经过师傅们一系列凿、铲等工序方能完成。阶沿石表面平整光滑，中部下凹全部锓刻成直线，在相邻两块间的接头处都是对角衔接且严丝合缝，这些显然是经过精心计算、锓刻与打磨加工的。在观赏古建旧宅的瑰丽、感叹古代工匠技艺精湛的同时，让如今的我们心生疑惑的是，工匠们是用什么工具打磨这些长条巨石的？这些巨石又是从哪里被开采的？古山地域目前尚未发现有大规模的采石场，难道这些都是从素产条石与缙云毗邻的舟山开采而来？如果真是从舟山远道而来，那该花费多大的物力与财力呀！俗话说"有钱能使鬼推磨"，好在静山公是当时富甲一方的商贾。

在七棚头天井的排水沟里还有两个精彩之处：一是位于厢房天井的排水沟内等距布列着数个石兽，这些石兽弓背抬头站立，形似水獭，看起来呆萌有趣。令人不解的是，这些石兽虽底部有碗大的开口可以通水，但它们并排站立于水沟之中，难道不影响水沟的排水功能？我想此番设计绝非古人画蛇添足，肯定有其可取可用之处，只是当下的我们不知道缘由罢了。

在各排水沟内，还有一个位于排水口的石雕令人印象深刻，那就是排水口的条石底部镂空雕刻着铜钱状的出水口，因为铜钱样的设计有着"荣华富贵"和"四水归堂"的美好寓意。

木雕之美

木雕应该是婺派建筑当中最繁华、最精彩、最值得点赞的部分了，它体现着匠人高超的手工技艺，传达着木雕古朴独特的艺术魅力。

在七棚头，抬头之际，目之所及，处处可见精美的木雕构件。这些木雕构件形式多样、技艺精湛、造型凝练、刀法流畅、线条清晰、形态万千，每一个造型都传递着古人对美好生活的期许与向往。这些构图巧妙、技艺娴熟的木雕作品，都是当时技艺高超的东阳木雕匠人所作。

长短不一、形如弯月、圆润粗壮的月梁，也叫冬瓜梁，是这座古宅内最寻常、最古朴的艺术表现形式。月梁的侧面刻有云锦或花朵枝叶纹饰，简单的勾勒中透着一种柔美，加上月梁本身粗大健壮、气势如虹的阳刚之气，这使整根月梁霸气外露又不失柔和，展现出一种刚柔相济之美。

上宽下窄的牛腿和雀替构件是整座古宅木雕作品中最为精彩的部分，其刻画的物体有人物、动物、花草植物、亭台楼宇等，通过这些具象的外在形态，含蓄地隐喻着神话传说、民间故事、历史典故、戏曲名段等。匠人们通过交错运用浮雕、镂空雕、半圆雕等技法，演绎着或灿若锦绣、或憨态可掬、或生动形象、或出神入化的各种场景。牛腿是木雕构件中最能体现工匠技艺之作的部分，也是古宅木雕艺术中的画龙点睛之笔。

古宅内的窗棂雕刻也是木雕艺术的一大看点。循环连贯的万字纹，象征福运绵长；菱格交叉的方胜纹，体现着合力同心、称心如意；回环贯彻的中国结，意寓万事通顺。这些构图通过镂空雕刻，既达到了居室通风采光的生活需求，又调节了庭院原本沉闷的氛围，似老宅会呼吸的皮肤，让人感到通畅和顺，当然也美化了家居环境，让居者在感官上和精神上都得到美的享受。而其下的一块块长方形封板，或梅、兰、竹、菊、荷花等植物组合，或蝙蝠、梅花鹿等动物组合，或动物、植物和人物交叉组合，隐喻一种美丽的故事传说和对幸福祥和生活的美好祈盼。

一扇扇灵秀通透的黑褐色窗户像一双双古人深邃的目光，透过二百多年的风雨烟尘，注视着从繁华到沧桑、从纷乱到安定、从衰败到复兴的古宅蜕变。马头墙上一个个斑驳的飞檐翘角，亦如封神榜里高觉老怪竖起的耳朵，倾听着一方子民或挣扎、或奋斗、或凄苦、或欢笑的悲欢离合故事。

"繁花落尽君辞去，绿草垂杨引征路。东道诸侯皆故人，留连必是多情处。"

2005年3月16日，七棚头古民居即古山胡氏旧宅被公布为浙江省文物保护单位。

2018年9月，古山镇政府投资近千万元，由浙江省古建设计院设计、杭州市文物建筑工程有限公司承接整体修缮工程。

2021年1月，七棚头古民居整体修缮工程通过了浙江省古建设计院的工程质量验收。

洗尽铅华始见真，归来依旧香如故。随着七棚头修缮完工，随着七棚头的名声传播渐远，相信一定会有越来越多的人慕名而来，一探其墙上的无字匾，以寻静山公与他的子孙生发于此的光阴故事。

胡静山：陈亮事功思想的践行者

文化，其本质是一种精神力量，是一种软实力，它能够在人们认识世界和改造世界的过程中，转化为物质力量，进而又源源不断地创造出新的社会价值和社会效益，对社会的发展起到长远而深刻的影响。

英国首相丘吉尔有一句名言："我宁愿失去一个印度，也不肯失去一个莎士比亚。"莎士比亚是英国文学史上最杰出的戏剧家，是欧洲文艺复兴时期最重要、最伟大的作家，也是全世界最杰出的文学家之一。可以毫不夸张地说，他的作品不但提升了整个英国的人文精神，而且对英国的政治、经济、国力的提升都起着巨大的推动作用。

陈亮的事功思想是一种儒家文化，它不仅在历史上对中国学术界产生过广泛影响，还对后世人们的价值取向与现实生活起着积极的引领作用。

陈亮是南宋人，胡静山是清朝人，跨越近六百年的两者，又会产生怎样的关联呢？

胡静山的身世脉络

胡静山做梦也不会想到，在他去世二百余年后，会因自己的一座旧宅遗产而再次被人们瞩目。

这座旧宅叫古山胡氏旧宅，俗称七棚头，于清嘉庆十三年（1808 年）由当时富甲八婺的古山人氏胡静山所造。

胡静山，名肇熙，字载候，号静山，生于清乾隆壬戌年（乾隆七年，即 1742 年）十二月二十七日。他出生于一个家境比较殷实的家庭。祖父宗佑公、父亲广衙（音）公皆是清康熙年间的太学生，除饱读四书五经，对魏晋玄学、宋明理学也有较深的研究。

胡静山所在的这支胡氏家族，属古山胡氏，其永康始迁祖为古丽坊东街的胡潭。胡潭，字元清，号石亭先生，曾为武经郎，于宋徽宗宣和三年（1121 年）为避战乱从衢州履泰乡龙井迁徙至永康东街。

胡潭生有两子，长子曰柏，次子曰栗，柏居街北，后成夏川胡氏之祖；栗居街南，后成古山胡氏之祖。

胡潭的第八世胡泳，字济由，为古山的肇基始祖，于元朝至正年间（1341 年-1347 年）从永康县城东街来到古山，因其拾金不昧、品德高尚，被孙宅村的大户人家孙宗泰招为女婿，并拨给其山塘和田宅。从此，胡泳在古山成家立业，繁衍生息。

古山胡氏自从在古山创基立业以来，繁衍兴盛，人丁兴旺，村庄渐成规模。在明代，热心义士胡克备倡设了古山义市，乡民把耕作所得和生活盈余的粮食果蔬、锦缎布衣等拿到义市来售卖。

至清乾隆年间，天下太平，国泰民安，农业、手工业发展迅猛。此时古山的街市经济已十分繁荣，除义市交易，乡民们开铺经商，街上打铁铺、中药铺、理发店、小吃店、杂货店、山货行、火腿行等店铺林立，商贸繁荣。

乾隆七年（1742年），胡静山出生，此时他的祖辈和父辈已在古山站稳了脚跟，过起了较为安定的生活。胡静山父亲家族的人皆头脑灵活、善于操持家务，他们边务农，边经商，家族还有崇文重教的传统，祖父辈太学生者众多，故谓之"耕读传家，诗书继世"。

胡静山的教育环境

胡静山的父亲有三个儿子，他排行老大。胡静山天资聪颖，宅心仁厚，深受父母的宠爱。他七八岁时，父亲就送他去村里的私塾接受启蒙教育，《三字经》《百家姓》《千字文》《弟子规》等儒学典籍，其他小孩是教了今天的忘了昨天的，教了后篇忘前篇，手掌常被私塾先生的戒尺责罚。而胡静山天资聪颖，耳闻则诵，放学回家还背诵给父母听，常得私塾先生与父母的夸奖。

胡静山在私塾除接受传统儒学启蒙教育，也接受先生的算术教学，《九章算术》等在其他同学看来是枯燥无趣的东西，他都能饶有兴趣地学好。传说他的珠算是最拿手的，十岁时就已练就在头顶上打算盘的绝活，加减乘除的算题，经过他灵活的手指上下拨动，噼里啪啦地一阵盲打，就能快速准确地算出答案，引得围观乡邻一片喝彩。这种算术兴趣与珠算技能为他以后生意和事业的发展奠定了一定的基础。

十几岁时，胡静山在村里宗祠内接受了进一步的传统儒学教育，后又多次随长辈去几十里外、位于方岩寿山坑里的五峰书院听名师讲授有关陈亮的事功学说。陈亮的《酌古论》《中兴五论》《陈子课稿》等著作，他都仔细研读。

胡静山的青少年时代，时值清朝乾隆初期，皇帝大力推行以儒学为代表的汉文化，汉传统经典成为包括皇帝在内满族人的必修课。当时学术文风兴盛，文人学者对明朝以前各朝代的种种学术都加以钻研、演绎而重新阐释，梁启超称清朝为中国的"文艺复兴时代"。鉴于明晚期政治腐败、内忧外患不断，宋明理学流于空泛虚伪，致使清初学者多留心经世致用的学问。

说到经世致用学说的研究与传播，永康可谓占尽天时地利，这不得不说说在南宋被誉为"人龙文虎"的陈亮其人了。

陈亮（1143年—1194年），原名陈汝能，字同甫，号龙川，学者称其为龙川先生。婺州永康（今浙江永康）人，南宋著名思想家、文学家。经世致用之学，肇始于南宋以陈亮为代表的浙东事功永康学派。

陈亮主张经世致用、义利并举的事功学说，倡导经学研究要与国家命运、社会民生相联系，讲求理论联系实际、学用结合、学以致用的治学态度和治学方法。主张富国强兵，讲求义理道德不能脱离实际功利和"农商并重"的理念。他反对以理学名家朱熹为代表的"道德性命""道义至上"的主张，反对他们讲求个人心性修养的"醇儒自律"而不顾民生实际的空谈主义和唯心儒道。

陈亮与朱熹多有交集，两人相处友善，但在谈学论道上则水火不容。两人都曾在永康方岩的五峰书院进行过各自学说的宣讲，有过五峰书院、明招书院（武义）唇枪舌剑的当面雄辩，更多的则是书信往来间的"王霸义利之辩"。

陈亮与朱熹的学术争论，从孝宗淳熙九年（1182年）开始，至光宗绍熙四年（1193年）结束，前后长达十一年。

陈亮、朱熹之间的"王霸义利之辨"，虽因陈亮的英年早逝而偃旗息鼓，但陈亮的"学以致用、义利并举"思想却从他这一理论提出之始，一直影响着后世人们的人生观和价值观，胡静山也不例外。

方岩五峰书院环境优美，空气清新，幽静舒适，历来是文人墨客荟萃之地。这里不仅有南宋吕皓、叶适、陈亮、朱熹等在此著书讲学，更有明朝的应典、卢可久、程正宜、程文德等儒家名士会集于此宣扬心学和理学。五峰书院成为浙东地区各派人士文学、思想、学术的交流中心，其影响深远，惠泽后人。

胡静山所在的古山地处陈亮生活的龙山龙窟与方岩五峰书院中间，距两者不过数公里之遥，得天独厚的地理条件，使得乡民对各种文化、学术、思想的接受，犹如近水楼台先得月，丰富的思想文化涵养使得古山地域人杰地灵、人才辈出。

故历代先贤的思想学说，特别是陈亮创立和宣扬的事功学说，在祖父辈的言传身教、耳濡目染下，对胡静山等乡绅践行"义利并举"的人生价值观及"农商并重"的生活经历都起着举足轻重的作用。

胡静山事功思想的践行

在陈亮事功思想的影响下，地处永康东北隅的古山成为践行"义利并举""农商并重"理念的先行先试之地。

人们在以农为本、立足农业生产的同时，勇于探索和发展商业经济这使得古山在宋朝之后的历朝历代中成为永康手工业经济的一颗璀璨明珠和如今的现代工业经济的工业强镇。

古山胡氏子孙胡静山从前辈身上传承了"学以致用""知行并进"的务实精神。他自立门户后，为生计，与家人一边耕种农田，一边做着腌制和贩卖火腿的生意。金华火腿虽起始于唐、盛名于宋、光大于清，但要说千百年来对金华火腿的推广真正起到推介作用的，古山商人胡静山无疑功不可没。

在火腿的制作技艺上，他善于虚心学习，只要听说哪里有腌制火腿的行家，他便会不顾路途遥远，提着礼物，不辞辛劳地上门去拜师学艺，近的有芝英、龙山、棠溪、上蒋等地，远的有金华、东阳、义乌等地，都有他取经请教的身影。

胡静山还善于创新，在总结前人和同行经验的基础上，他不断推陈出新。一直以来，火腿作坊讲求的多是色、味，但他认为火腿光有颜色好看、口感醇正还不够，还要讲求气味上的香、外观上的美。好看的外形好做，边幅只要稍加修整就行，但气味上香气的提升可不是一蹴而就的。他孜孜以求，不断在火腿的取材、盐料的用量、腌制和晾晒时间的长短等工艺上探索，如他特别选用细皮、嫩肉、小脚的"金华两头乌"的后腿制作火腿。

在他的不懈努力下，出自他家的火腿终于做到了"色、香、味、形"四绝，因此闻名遐迩，求购者络绎不绝、供不应求。

胡静山家做的火腿虽然很畅销，但从他家采购火腿的各商行老板打的却是他们自己的牌子，而且价格时常被联合压制而卖不上价。表面上生意红红火火，但一年辛辛苦苦做下来，到年终一盘算，收入却不尽如人意。

知识可以启迪人的智慧、开阔人的视野，更可以增强人们判断和解决问题的能力，这在任何朝代都是颠扑不破的真理。为提高利润，胡静山决定自己去外面开拓市场，打响自己的火腿品牌。他乘船运货去杭嘉湖地区售卖，去苏、沪开店经销。经过几年苦心经营、奋力打拼，他家的"三星"牌火腿开始享誉江浙、畅销苏沪，胡静山成为当时永康最大的火腿制作商与贸易商，逐渐积累了雄厚的资本。后又凭借敏锐的眼光和宏大的气魄，收购了当时苏州所有纽扣市场的经营权，借此财富迅速积累。其间，他还在苏州、嘉兴等地开设了多处钱庄，成为富甲八方的大富豪。

在清嘉庆十三年（1808年），也就是胡静山六十六岁那年，他请工匠名师开始建造规制宏大的七棚头建筑。

这座建筑貌似一座民居住宅，但从其内部设计构造上看，更多体现的是一种亦工亦商、商住共用的建筑综合体，这也是胡静山在潜移默化中受陈亮"实功""实用"思想影响下在建筑方面的创新与应用。

　　七棚头外围厢房的全部房间和后厅厢房的大部分房间，都用作腌制火腿的工场和小工们的住房。厢房内有楼板的房间，楼板下间距明显密于其他房间的横木，就是为了悬挂晾晒更多的火腿而特别设计的，横木上密密麻麻的可见孔就是悬挂火腿用的钉子留下的。

　　作为商人，要谋利，这无可厚非，但胡静山不是眼里只有金钱的唯利是图之人，而是一个义利并重、讲情重义者，最让乡民称颂的是他的乐善好施、矜贫救厄。听说村里建造虞庵公祠缺钱，他二话没说主动赞助黄金百两；庚辰年天遇大旱，古山村民庄稼绝收，他又拿出很多银两赈灾济困；至于造桥修路方面，他更是慷慨解囊，支出银两不计其数。

　　"自强不息、求真务实、勇于创新、讲求实效"的浙江精神，是"功利、务实、创新"的陈亮事功思想基因的赓续和提炼。陈亮的事功思想世代传衍，光耀千秋，它是浙江人民的宝贵财富，它激励着一代又一代的浙江儿女干在实处、走在前列、勇立潮头。

魁山岩下普照寺

在永康东部距城区约十公里处，有一座怪石嶙峋、壁立千仞、气势巍峨的山，此山峰顶因状如中国古代神话中主宰文章兴衰的魁星而取名魁山岩。在山之南麓有个胡姓古村落叫江瑶，亦名魁山江瑶。

2014年5月6日上午，在山势雄伟、苍翠欲滴的魁山脚下，人声鼎沸，鼓乐喧天，大雄宝殿的落成开光庆典在此隆重举行。

这天一大早，四众弟子秩序井然地集合在寺庙山门前，恭迎释迦牟尼真身舍利的到来。什么寺庙有此荣光得佛祖舍利幸临？此寺名曰普照禅寺。

普照禅寺是一座始建于西晋永宁二年（302年）的古刹，它的前身为江瑶经堂，距今已有一千七百多年的历史。

西晋时期，国家恢复统一，结束了连年的战乱，佛教相较之前已有很大发展，到晋惠帝时，佛教研究学者众多，他们四处弘扬经典，使佛教广泛流行起来。江瑶经堂也正是在此佛教盛行期由江瑶信众建立起来的。据传，彼时经堂香火旺盛，四方钦仰。

到了元末明初，经堂被扩建为三进十八间，规模初具。

这个时期的江瑶经堂，由于信众络绎不绝，香火兴盛，加之魁山岩秀美幽静的地理环境，引来了学者归隐魁山、"三贤讲学"的盛况。

三贤为闻人梦吉、唐以仁、李晔。据《永康县志》和《魁山胡氏宗谱》文字记载："闻人梦吉，字应之，金华人，累官泉州教授""唐以仁，金华人，从学闻人梦吉""李晔，字宗志，洛阳人"。既然均不是永康江瑶本地人，又为何会离别故土来此居住讲学呢？

《魁山胡氏宗谱》记载，江瑶胡氏后人胡嘉祐的女儿胡氏是闻人梦吉的夫人，而闻人梦吉夫妇所生的大女儿则嫁给了唐以仁。

在明末清初大学问家黄宗羲所著的《宋元学案》中也有记载："唐以仁，金华人。从闻人梦吉学，梦吉奇之，妻以女。元末，奉梦吉避地永康魁山下，因家焉。"

由此看来，闻人梦吉与唐以仁不仅是师生关系，更有着翁婿之亲。梦吉为避元末之乱，从福建儒学副提举任上辞官。又据义乌王祎给梦吉写的墓志铭信息可知，梦吉只生有两女，没有儿子传续。故梦吉应该是因在金华没有后人，于是携女婿唐以仁等家眷来到永康江瑶夫人家所在的魁山岩下过起隐居生活。

另一贤人李晔，号草阁，是元末明初著名学者。据《永康县志》记载，李晔，有奇才，元季避兵乱，卜居永康，在魁山讲学，著有《草阁集》七卷。明洪武年间，李晔曾被金华府举荐为国子监助教，然上任不久即辞官返回永康。李晔在永康期间游历了永康方岩、灵岩等名山秀水，写下了一百多首吟咏永康人文风光的诗作。

三位贤人，结庐魁山，是故，江瑶经堂，不光讲经布道，而且讲学之风盛行，为彼时永康最具崇文重教之地也。据《魁山胡氏宗谱》记载"前后教授学子不下二千人"，可见当时经堂"三贤讲学"盛况空前。

据记载，为歌颂三位贤人传道授业之功绩，古时在经堂附近的山麓，曾建有"三贤祠"。该祠被毁后，"三贤祠"重建于魁山顶峰。

江瑶经堂，梵音悠远，传响千年。

时光流转至二十世纪二三十年代，永康芝英、石柱一带，红色武装活跃。1927年10月，浙西特派员兼兰溪县委书记姜挺来永康传达中共中央八七会议精神，会议在芝英练结小学召开，会上正式成立了中共永康县委，选举叶岩襄为书记。1928年5月，因受土豪劣绅联名告密，县委领导成员被迫离开永康，党的活动受挫。当年8月，中共浙江省委派刘寄云到永康指导工作。8月25日，合德区魁山岩集会再次成立中共永康县委。县委成立后，经常在经堂和山上召开重要会议，并秘密谋划永武地区的联合行动。10月，永康方面以游仙区为中心的行动遭到疯狂镇压，党员和农民三十一人被捕，党员三人被枪杀。党的主要领导人和骨干受悬赏通缉。行动失败，永康县委撤离魁山驻地，党组织的活动暂时停止。

江瑶经堂，因"三贤"归隐魁山讲学，对经堂多有赞美诗词题字，后因战乱毁坏、遗失，经堂最终被捣毁，千年古刹，毁于一旦，让人痛心疾首。

2002 年，在永康市人民政府、市佛教协会的支持帮助及广大善男信女的共同努力下，江瑶经堂得以重建，一厢房、一观音阁落成，并更名为普照禅寺，释祖贤法师从缙云九松寺移步入住。

为令正法久住，原溪口宝严寺主持释慧法师于 2010 年 4 月入住普照禅寺，并责无旁贷地挑起了扩建普照禅寺的重任。此后扩建了钟鼓楼、护生放生园、三圣宝殿、大雄宝殿、厢房、厨房等。至 2012 年，寺庙主体完成，占地五万多平方米、气势恢宏、灵气弥漫的普照禅寺在巍巍魁山脚下佛光普照。

"清晨入古寺，初日照高林。竹径通幽处，禅房花木深。山光悦鸟性，潭影空人心。万籁此都寂，但余钟磬音。"太平盛世的普照禅寺现已成为集礼佛、祈福、观光旅游为一体的魁山佛门胜景。

龟山烟华宝严寺

始建于晋天福七年（942年）的宝严禅寺，原名净严寺，与肇建于五代吴越天宝年间（908年—912年）的凤凰宝塔，在福佑一方百姓五百多年后，终毁于一场兵匪祸乱，实在令人痛心与唏嘘。

凤凰塔后在仙溪口徐氏族人的筹划和一位阮氏善人的鼎力资助下复建。经四百年风雨侵蚀后，于1932年复又坍塌。

明嘉靖十五年（1536年），已是荒草丛生的寺产土地被奉例官卖，先由五都余家诸大臣出资赎下，诸大臣不忍佛地泯没，就捐其地重建寺庙，并改寺为庵，易名普净。明万历四十五年（1617年），比丘尼离去，智和大师进驻，复名宝严禅寺。徐公常又资助地二十七畦，以资扩建。在智和住持的统筹下，宝严禅寺规模大具。历经一百七十年龟山遗恨、风月哀鸣之后，规模宏大的宝严禅寺终又响起晨钟暮鼓，香火续燃，重获新生。

清雍正六年（1728年），寺僧不知何故散走，不久比丘尼入驻主法，宝严禅寺又被易名为普净庵。

清道光六年（1826年），重归比丘僧主持，旋又复名宝严禅寺，设方丈说戒律规。

宝严禅寺不仅作为弘法利生、感化信众的庙宇发挥了重大作用，史上也曾为浙江省文化与金融的发展作出过不小贡献。抗日战争时期，从民国浙江省政府迁址永康方岩后的1938年起，宝严禅寺成为浙江中医学校（即浙江中医药大学）。1939年民国中央银行浙江省分行进驻永康宝严禅寺办公，直到1941年底随省政府前往丽水时止。

此后寺院人去楼空，日渐衰微，后又遭受严重毁坏并彻底成为废墟，这座创建于天福七年、矗立于丽州华溪之畔、历经千年沧桑的永康古寺，再一次被风雨飘摇的岁月湮没于龟山草木中。

民国时期，一位仙溪口村人曾在宝严禅寺出家，转灵隐寺修行，后陆续出任普陀山普济寺方丈、上海报本堂住持、普陀山佛教协会理事长、上海佛教协会副会长等职，这位出家人就是近代佛教界著名高僧——莹照法师，俗名徐鸿飞。法师的善德善行和对故土宗亲的关照，在仙溪口村传为美谈。

风雨过后是彩虹，严寒过后有春风。时光流转到二十世纪九十年代。1999年重阳节，凤凰塔重立龟山，这一天，龟山鼓乐齐鸣，塔上游人如织。吕公望与同邑诗人眼里"古塔庄严耸上方""半面迎晖金共黄"的华溪胜景重现永康江畔。"三月三、四月八，乡下姑娘嬉下塔"流传千年的歌谣与民俗，终于得以传续。

为重现塔寺一体的胜景与凤愿，在有识之士多方争取和政府有关部门的大力支持及社会各界人士的倾情襄助下，复建宝严禅寺的工程于2000年开始破土动工，经过三年的精心建设，寺院大殿落成。建成后的寺院由慧法法师入驻住持。

2010年4月，妙华法师不远千里，从广东东莞石碣镇的三宝寺来到永康的宝严禅寺做了住持。

在他的努力下，寺院规模不断扩大，现已形成三进五开间、两庑、一放生池的总体格局。前为天王殿，中为大雄宝殿，后为圆通宝殿。大雄宝殿用大柱抬梁，五大明间，内置佛祖罗汉，佛祖造像高达十余米，法相庄严。

宝严寺整体目前占地面积约一万五千平方米（包括凤凰塔），寺院重檐翘角，挑梁斗拱，高敞轩昂，溢彩流光，气势恢宏。今逢盛世，千年古寺得以重放光彩，有乡贤诗赞曰：

龟山钟美兮，古塔斜阳。人杰地灵兮，庙貌重光。

福田广种兮，华水流长。普济众生兮，永宁永康。

郎下，信义和美之村

村，肇于信义

宋高宗绍兴年间秋月某日，永康邑北江畈水阁山下通往三十里坑、义乌大路边的一间凉亭燃起熊熊大火，时值天干物燥之晴日，又正逢山风吹过，等附近乡民发现火情，提桶拿水赶来扑救，为时已晚，大火把凉亭连同里面一个高高的稻草堆及靠墙放置的几捆椽木统统焚为灰烬。

此座凉亭似与别处的构造有所不同，别处凉亭几乎都是四柱四角三面围墙的方形土屋，而此处凉亭除了具有这些特征，前面还有一条长出亭墙两端的廊道，整座凉亭形如"凸"字。这一独特的设计，也许是为了让往来于永康、义乌的过路客有更多的歇脚之地。

赶来扑火的乡民中有一位天命之年的老农神情尤显懊恼，缘由竟是亭内堆放的椽木是他为儿子造房暂放于此的。

在残垣焦木上的青烟尚未消尽之时，只见一个相貌清秀、身着整洁长衫、肩背褡裢、商人模样的后生气喘吁吁地向凉亭跑来。此后生为处州宣平少妃村人，在天台经商，常往来于宣平、永康、天台之间，过路期间常在此亭廊下休憩。长年在凉亭周边田畈劳作的乡民到亭里休息时每每遇到他，彼此也多有闲聊。

这后生跑近乡民后，一边抹去绯红脸上的淋漓大汗，一边懊悔地坦陈道，火灾应是他一刻钟前在亭下休息抽旱烟时敲下的烟灰点燃了脚下的干草引发的，等他走到远处的岭头，发现了火情，又迅速赶回救火。

后生的话令众人大感意外，居然还会有人跑回来认错担责，换成其他人发现闯这么大的祸早就逃之夭夭了。有人背后笑他是"傻子"。

当得知凉亭内被焚毁的椽木是眼前这位老农家的，接下来"傻子"说的一番话更让有些人认为他不是一般的傻，而是大傻特傻。只听他说道："诸位兄台勿要慌张，男子汉大丈夫，一人做事一人当，火灾损失俱由俺来承担！"这"傻子"把胸脯拍得啪啪响。不过他提出一个请求，此番出门身上所带银票不多，待他赶赴台州完成一笔买卖后就赶紧返回重修凉亭，并赔偿椽木给老农。

泱泱华夏，彬彬济济，史上出名的"傻子"也多。比如北宋年间有一个叫刘廷式的乡下人，外出读书多年后，考中进士，回家准备娶从小就订好婚约的邻家女。不料，邻公已死，其女双目失明，家道中落。但刘廷式却坚持选好日子准备完婚。邻女自卑，觉门户不对，打算退婚。刘廷式却坚称"既有婚约，岂能违背"，在他的一再坚持下，二人终成恩爱眷属。这是一个为娶盲女、不负婚约的"傻子"。

还有哄子杀猪的曾子、立木为信的商鞅、一诺千金的季布等，这些重信守义之士在某些人眼里却是"傻子"。

如今却也有这样一位"傻子"亦真亦假般出现在江畈乡亲面前。说"真"，确实有这样一位远离火场却又折返认责之人的存在；说"假"，是不知道他赔偿修亭的承诺能否兑现。

看众人迟疑未允，后生又道："俺乃邻县宣平少妃村人，姓陈，名伊，平时常借道此地去台州做点儿小买卖，俺若一月不回，尔等可去少妃，找俺家里索要赔款。"

众人听罢，一阵嘀咕，认为这后生不仅言之凿凿，且仪表堂堂，不像无赖之辈，确可信之，故同意放行。

后生辞谢众人，踏着枯黄秋草，赶赴台州而去。

"秋光渐老溢清寒，鸟宿枝头月色残"。在距凉亭失火将满一月的一个秋日，那个后生果然守信回到江畈，找到被毁椽木的老农和其他乡民，商议趁天寒地冻的冬季来临之前，把凉亭重新建好。乡亲们为他诚实守信的良好品行而纷纷交口称赞。

在谋划、修建凉亭的时日里，那个得到椽木赔偿且参与凉亭修建的老农得知这个重情守义、头脑灵活的后生尚未成家，就让他食宿在自己家，意欲在自己的撮合下，后生能娶自己的小女为妻。

江畈一带，土地肥沃，山明水秀，又有通往武义、义乌等地的便利交通，不像自己老家处在崇山峻岭、出行不便的山沟沟里。这个后生在平常的过路中早已对此地的风土人情情有独钟，再加上与老农小女的接触过程中也被她的美貌所吸引、被她的勤快与善良所打动。

最后，真如老农所愿，两人结为秦晋之好，后生用做买卖所挣的钱财在江畈水阁山附近买田置地，自立门户，开枝散叶。

后生感念凉亭廊下一直以来给予自己的方便与荫护，也感叹廊下无意中的一次失火竟成就了自己一段美好姻缘，故把村名取为廊下。

这个村庄就是如今地属永康西城街道的郎下村，这个守信重义的后生，就是郎下德泽后世、福佑子孙已有八百八十年的先祖——晓伊公。据《陈氏宗谱》记载，在宋高宗绍兴年间（1131年—1162年），始祖伊公（1108年—1180年）"贸易天台，经过江畈，以故相宅卜居于水阁前构庐"。

近千年的栉风沐雨与文明教化，使"廊下"演变为"郎下"，这是历史车轮滚滚向前的无心之痕，也是先哲教诲后人传习谨记先祖守信重义的道德风尚。

美，内外兼修

"廊下失火"是一个来自八百多年前的传说。我徜徉在郎下的陌野村巷，欲觅得一丝一毫与之相关的痕迹，但历史的风雨早已无情地把一切冲刷得了无踪影。我在脑海里极力想象着通衢古道"义乌大路"上的繁忙、亭廊失火时乡民的惊慌，以及陈伊公立于亭墟前"一口唾沫一个钉"、铿锵有力地说着信义诺言时的情景。

虽然没有找到远古印记的一丝残存，但我发现了眼前鲜活灵秀的郎下之美，这是一种几近千年传习与文明积淀的内在修为美。

　　漫步在构建于水渠之上的木架长廊里，踯躅在灰墙黑瓦、古朴雅致的陈氏宗祠内，可以感受到郎下人信义孝悌、耕读传家、诗书继世的纯净朴素的心灵美：立信重义、修亭建村的始祖陈伊公，孝悌传芳、讨饭供娘的陈起吐，修身养性、自然隐居的陈均，手艺盘身、能说会道的故事大王陈宝钱，读书致仕、智慧济世的陈汝成……鸳鸯塘边屹立千年、饱经风霜的"樟树娘娘"见证着郎下人生生不息和对修身、崇德传统美德的传承。

　　游走在三月天里的郎下，此时的郎下之美又是一种由内及外散发着娴雅清秀之气的自然美。

　　村内一棵高达三十多米、主干胸围达十米、树冠覆盖直径六十余米的古樟树，周身弥散着樟树特有的清幽之香，虽历经千年风霜，但仍枝繁叶茂，生机盎然，枝叶纷披之状美如展翅翱翔的凤凰。据说，这是全永康市主干径围第二、绿灌面积居首的一棵古樟。是先有树，还是先有村？"唯有梧桐美，引得凤来栖。"我想应是树比村早，是树的秀美引来陈氏族人的会集栖息，是"樟树娘娘"的福佑荫护使得陈氏子孙世代繁衍。

　　村中白墙黑瓦，古宅林立，马头墙上"福""禄"二字透露着乡民朴素而又美好的祈盼。鸳鸯塘上，一字廊桥，吟风弄月。村中街巷整洁干净，绿植繁盛，简直曲径通幽。悠然忽现的街角小品画龙点睛般，令人耳目一新。

　　郎下山川秀美，风光旖旎。

　　位于村前依山而建的前山公园，城墙蜿蜒，亭台兀立，松木葱翠，春花烂漫。孟浩然的《过故人庄》"绿树村边合，青山郭外斜。开轩面场圃，把酒话桑麻。"说的不就是这般山色春光的幽美意境吗？

村后的湖光山色，更是别有人间。

茂密竹园，修竹成林，枝叶婆娑，翠色欲滴。簇簇新笋，拱顶冒尖，破土而出。沿着蜿蜒小道走进竹林深处，既可感悟到清幽、飘逸的意蕴，又能感受到蓄势待发的春的生机。

上黄水库，烟波浩渺，碧水微澜。湖上，鸟飞天外斜阳尽；湖边，杜鹃花发映山红，春山一路鸟鸣空；湖中，群峰倒影山浮水，湖光倒影浸山青。

最令人流连忘返的要数上畈那片面积达三十亩的桃花林。站在山坡远眺，一片桃红绚烂得宛若开在洋洋洒洒的彩林之中，如云霞，如锦缎。青山、桃红、彩林构成一幅色彩斑斓的天然画卷。沿着游道步入桃林，粉红的、深红的、浅紫的桃花，有两三片花瓣绽开了的、有花瓣全绽开了的、有羞羞答答含苞欲放的、有花瓣谢落只留丝丝红蕊独自迎风的……在斜枝绿叶的映衬下，尽显娇妍。花的美艳吸引了踏春的游人，小道旁、花枝下、连心拱桥上，有穿着旗袍，打着花油伞，风姿绰约的妇人；有身着素衣长袖、衣袂飘飘、娉婷婀娜的少女，尽显千娇百媚，欲把倩影芳华留驻于人间烟火里。

郎下，山清水秀，鸟语花香，好一派田园风光。

《周易》云："天行健，君子以自强不息。地势坤，君子以厚德载物。"我想是千百年的天地之气，造化了郎下人的生生不息；千百年的春秋道德，教化了郎下人崇德向善的良好品质。郎下人尚德、有为的情怀，又创造了秀美山川、和美家园。

　　一方水土养一方人，一方山水有一方情。郎下之美，美在心，美在形，美在秀外慧中，美在赏心悦目。

白阳风月醉烟霞

那山

似乎，称它为那山，有觉欠妥，"那"在时空与情感上不及"这"来得亲近。好在这山有它自己确切的名字，不用我在遣词用字上过多地纠结。

那山，在武义，有一个好听的名字，人称白阳山。从白阳山脚的高速隧道到达我公司，也就三四分钟的车程，所以它离我很近。

在武义，白阳山虽没有巍峨俊秀的"江南小九寨"牛头山那样出名，但它亦有自己独特的风光与韵味。

在形如桑叶般南北矗立的武义版图里，人们把武义北部与金华、义乌、永康四县市交界的山脉称为八素山。白阳山属八素山脉的南支，其坡缓而绵长，北起武义北站附近山域，往南尽于县城东郊童庐村与白溪村之间武义江的东岸处，峰峦叠嶂，浩荡绵延数公里。

有人形容白阳山像八素山这只万年神龟伸长了的脖子，伸头欲往武义江喝水，我觉得不如说白阳山是一条蜿蜒横亘在武川东郊的长龙来得更形象，确切地说，是一条正在永康江、白溪、熟溪三江口探头饮水的长龙。每当春夏来临，它是一条翠色葱茏、生机蓬勃、起势腾飞的青龙；秋季，层林尽染，"满园花菊郁金黄""一半秋山带夕阳"，这个时节的白阳山则化为一条成熟稳重、喜乐祥和的金龙；冬季，山川褪色，北风吹雪，满目的银装素裹，白阳山又成了一条静穆安然、守成蓄势的银龙。在我的眼里，白阳山是一条神采奕奕镇守武东门户的神龙！

有些山的美，需要身入其中才能感受到它石怪洞奇的绝美，或古木参天、曲径通幽的秀美，或只有不畏艰险，历经千辛万苦才能感悟到"会当凌绝顶、一览众山小"的壮美。而白阳山的美，在我看来，在于远观时朦胧的美，在于清晨当我在高速公路上远远地观望它时，山间白雾迷蒙，雾轻时如烟似纱，雾重时如云似絮，大有"雾锁山头山锁雾"之势。或在雨霁初晴时，雾霭流溢，晨岚升腾，山峦翠色，在流岚中忽隐忽现。这种山色迷蒙、虚无缥缈，给人一种梦幻般的江南美。

白阳山除了给人一种朦胧美，有时又会给人以另外一种神奇的"山前山后两重天"的感觉。进隧道之前这边是天清气明，"乾坤无风雨"，穿过隧道，眨眼间，已是迷蒙薄雾，或是斜风细雨。

白阳山畔，水绕山环，清幽雅静，风光旖旎，风物宜人。也许正是白阳山的这种柔绵、清雅的魅力，才引来了魏晋名士避乱弃官的归隐之风，使得"隐逸文化"的种子从此在白阳山这方清幽的土壤里生根发芽。山，一旦被赋予了一定的文化内涵，就如人"腹有诗书气自华"那样，它的生命亦将变得更加绵长、厚重与不凡。

那人

天地苍茫，寰宇无边。谁能想到，亘古千年静卧江南偏隅的武川白阳山会与千山万水之遥的北方陈留（今河南省开封市尉氏县）尉氏两兄弟深有交集，甚而牵出三连襟隐居白阳山的逸事。

这两兄弟就是阮孚（东晋时期总督交、广、宁三州军事，领平越中郎将、广州刺史）与阮瑶。史说其家世非同寻常，竹林七贤中的阮咸是他的父亲，阮籍是他的叔叔。

时光流逝，公元 327 年，已官拜东晋镇南将军的阮孚，领命从都城建康（今南京）出发，南下广州赴任。

传说阮孚携胞弟阮瑶夫妇率一浩荡人马行至武义境内的明招山脚时，正值春暖花开之际，只见明招山峰峦雄奇，满山绿树成荫，山脚金谷碧浪，白溪清流潺潺，一派鸟语花香的美好景象。阮孚"沉醉于明招山风光"，遂决意归隐此处，让人向朝廷谎报自己赴任途中暴病而亡。此为武义一些学者对阮孚归隐过程的一种说法，他们认为阮孚是"武义隐逸文化"的开山鼻祖，明招山是"武义隐逸文化"的发源地。我则有另外一种看法，认为阮孚辞官归隐山林，一是厌倦了"八王之乱"和"五胡乱华"所带来的长期生灵涂炭、民不聊生和政局混乱的动荡生活；二是受竹林七贤及其家族清谈、佯狂、随性之风的深刻影响。

关于归隐明招山的具体原因，有说是赴任途中突然"沉醉于明招山风光""携阮瑶与其妻刘氏（刘伶之女）等相随而隐居"。这种说法其实是经不起推敲的，明招山并不是风景奇绝之地，像明招山这般景致的，在江南多的是，而且他也不是与弟阮瑶夫妇在赴任途中一同突然归隐，而是在事先经过一番慎重考察之后，最终利用一个合适时机才归隐明招的。

竹林七贤之一的刘伶有两个女儿，大女儿嫁给永康县令张彦卿，小女儿嫁给阮孚之弟阮瑶。在阮孚任镇南将军前，张彦卿已任永康县令（时武义尚未置县，尚归永康管辖）多年，张县令对他辖地内的奇山异水应是了如指掌。两个女儿深受父亲刘伶影响，都好游山玩水，阮瑶夫妇应是去永康走亲访友时，被武义三江汇合处的白阳山所吸引。此处依山傍水，松木苍翠，修竹成林，江清水阔，一幅"落霞与孤鹜齐飞，秋水共长天一色"的美景。此地不仅景色宜人，而且水道南北通达，又在阮瑶的连襟张县令的管辖护佑之下，故名白阳山，因此成为厌倦动荡生活的朝请大夫阮瑶与妻刘氏隐居地的不二之选。

阮瑶与连襟张县令在江南武义优哉游哉地逍遥生活，让阮孚也心向往之。其间，在阮瑶的建议或阮孚自己到武义考察一番之后，阮孚选择了武义明招山作为自己的归隐之地。他之所以选择明招山，不仅是明招山风景优美，更是此处离胞弟阮瑶居所不远，可以相互照应。于是，他委托阮瑶在明招山建造居所等，暗中筹划自己的归隐事宜。

在阮家两兄弟过上隐居生活后不久，张彦卿也辞了县令，与连襟一起在白阳山隐居。

从此，三人便远离世事纷争，登山临水，纵情于白阳山水之间。

阮瑶定居白阳山后，为当地百姓做了许多好事。他率乡邻把山下大片河滩改造为千亩良田，被百姓称为阮田；在白溪筑堤引水，灌溉农田，被百姓称为阮堤；百姓歌颂他的功德，后来建了阮庙祭祀，至今香火旺盛。

是故我以为，是偏安一隅的张县令引来了避乱求安的阮瑶夫妇，是先有阮瑶的白阳隐居，后有阮孚的明招归隐。

之所以阮瑶是武义"隐逸文化"的开山鼻祖、白阳山是"明招隐逸文化"真正的发源地，是因为随着历史的推进，南宋吕祖谦等名儒学士加入，明招山才逐渐发展成为隐逸文化中心的。

"云霞月谷隐居静"的白阳山，不仅留有千年之前"晋国名流扬白水，阮家故剑立青山"的痕迹，更有近代密林抗日埋忠魂的纪念塔——被日本侵略者在白阳山区域杀害的抗日志士及平民百姓近千人，被埋在山脚白溪东村附近的一处密林中。

"峰峦万叠绕烟霞"的白阳山，不仅养育了安贫乐道、不求闻达的百姓，也养育出了矜贫救厄、乐善好施的"仗义三徐"徐步云、徐德谦、徐福降，也涌现了甘洒热血、保家卫国的"革命三徐"徐强、徐汉光、徐振甲。

一方水土养育一方人，这就是一方钟灵毓秀、人杰地灵的热土。

那花

去赏那片花海，是为了解开我心头多年来的那个疑团。

每年二三月份的清晨，从永康去武义上班的高速路上，距左侧白阳隧道不远的缓坡之上，一片繁花似锦、五彩缤纷，好似天上飘落林间的云霞。这片异彩常常吸引我的注意——这是一片什么样的花竟能开得如此灿烂呢？

在武义办厂十多年，每天早出晚归，来也匆匆，去也匆匆，无暇细细领略沿途的风景。

庚子年初，一天午后正好无事，想起那片花海，遂决定驾车前往，一探究竟。

这片花海位于武义城东白阳山东麓，距白溪东村不远的一个名叫王宅山的山丘里。

辗转深入山冈，心中疑惑豁然解开，原来这是花木场里蔚然开放的玉兰花。

身在林中，俏立枝头的玉兰花粉妆玉砌，多姿多妍，清香沁人，给人一种身临仙境般的恍惚之感。

那一株株楚楚动人的紫玉兰，其枝头怒放的花瓣，有的宛如妩媚迷人的新娘，风姿绰约；那半开半合的花苞，洒脱又不失内敛，奔放又不失娴静，恰似身着一袭素衣的芳华，行走在芳菲的流年里，诉说着绝世的风雅；那含苞待放的，则完全是一位温婉静雅的少女，春心萌动却又娇羞矜持。

那一棵棵白玉兰树，枝干高大，犹如玉树临风的美男子，虽风流倜傥却又愿以伟岸身躯保护身边娇小的紫玉兰姑娘。那洁白无瑕、片片花瓣四处散开的花朵，犹如观音身下圣洁的莲花座；那温润素雅、花瓣蓬松微开的，又如观音手里盛取甘露的净瓶。

从山冈高处俯瞰，满眼繁花，如云似霞。蔚蓝的天空下，和煦的春光抚慰着初春乍暖还寒里的一草一木，淡绿浅装的草木兴奋地探出头来，唤醒身体里的每一个细胞，使劲儿地吮吸着来自土地之外、苍穹之下的能量。我也脱下厚实的衣裳，尽量舒展胸腔，与草木一起感悟林中的暖阳与芬芳。

"素面粉黛浓，玉盏擎碧空，何须琼浆液，醉倒赏花翁。"正当我陶醉于这片山色时，突然，身后传来稚嫩而清脆的童声："妈妈，给我摘一朵紫兰花，好吗？"扭头循声望去，只见不远处一个头扎小辫子、年仅四五岁的小女孩，手指一树紫玉兰，向她妈妈请求道。妈妈摇摇头回答："不可以！让紫兰花一直长在树上，让更多的小朋友都可以看到它的美丽，不是更好吗？"小女孩似懂非懂地点点头。如花初蕾的小女孩是可爱的，她有一颗纯真、天然的爱美之心。这个妈妈更可爱，她犹如一个博爱循善的园丁。

玉兰树下还有一丛丛叶色翠绿的山茶花，茂密的翠叶间点缀着一朵朵红色的、粉色的、白色的花朵儿，红的像火球，粉的如朝霞，白的像云朵。茶花树下，凋谢的花瓣掉满一地，虽是一地的落红，我却觉得它如红毯般闪耀绚丽，我丝毫没有"无可奈何花落去"的伤感，相反，在我眼里有的只是"化作春泥更护花"的豁达。

走到一处路口，蓦然发现地上有用茶花拼成的一句话："武汉加油，中国加油，白衣天使加油！"红色耀眼的花语，如一道电流，瞬间直击我的灵魂，我不禁热泪盈眶。

此时无声胜有声，我想，此话何尝不是国人由衷发出的共克时艰的最强音。

身处烂漫山花之中，我已然找到了这个春天最圣洁、最高贵、最美丽的那朵花儿了。

桃花夭夭春水绿

四月的天空，晕染了春的衣袂，桃夭李艳，柳丝青青。趁着烟雨清明后的天朗气清，我独自驱车前往据说桃花节已行将尾声的武义县桃溪小镇。

在生机盎然的江南春天里，我独爱芳菲四月天。

阳历二月的早春，农历尚处正月之时，虽万物复苏，有蓄势待发的春意，但春寒料峭，出外还需穿厚实的冬衣，寒意袭人甚感不适。仲春时节，虽山花烂漫，有"春色满园关不住，一枝红杏出墙来"的浓情蜜意，但此时的江南大多正值"清明时节雨纷纷，路上行人欲断魂"，大有春雨绵绵无绝期之势。潮湿的天气，实在影响人的心情，使人无意踏青访春。到了四月阳春时节，绵绵的霏雨和让人感伤的清明一过，天气多晴，风清日丽，莺歌燕舞，百花齐放，目之所及，俱是大好春光。

作为浙江省十大养生福地之一的武义，山川秀美，在"生态立县、文旅富县"的发展战略上，有着得天独厚的生态旅游资源，特别是往柳城去的方向，山清水秀，湖光山色、千岩竞秀，一路皆是美景。

行车约四十分钟后，忽见左前方的路边有一众停车驻足的游人，有的正在拍照，原来这里有一处开得正艳的桃花林。我赶紧靠边停车，下去观赏。

此地在一条公路拐弯处的边上，一块巨大的山石矗立于拐角的山边，上刻吴舫先生所题的"延福胜境"四个朱红大字，笔力遒劲，分外醒目。从路边往上的一处山谷里，一大片灼灼桃花，疏密有致地在层峦起伏的山野里竞相绽放，我想这里应该就是桃溪小镇桃花节的主要观赏地了吧。

这里的桃花品种丰富，花色多样。小白碧桃，开白色小花，椭圆形的花瓣，白的如玉，温润娇小；大白碧桃，开大白花，圆形的花瓣，肤脂白润，如一位素洁雅致的少妇；五色碧桃，白色中夹杂着粉红，如娇羞少女的红晕；红碧桃，火红的重重花瓣，宛如一簇簇燃烧的火焰……徜徉于一树树桃花间，其特有的淡雅、浓郁之气在一呼一吸的吐纳中沁人心脾，简直让人陶醉。不甘寂寞的蜜蜂，嘤嘤嗡嗡，灵动的身姿时而在花蕊间采蜜，时而振翅穿梭于繁花间。

平和的山谷间忽然一阵大风吹过，一片片花瓣随风四处飘落，纷纷扬扬，仿如花瓣雨，溅起花海中游人的声声惊叹。此时此刻不由得让人想起唐周朴的诗句："桃花春色暖先开，明媚谁人不看来。可惜狂风吹落后，殷红片片点莓苔。"从山下往上望去，漫山的桃花，如云霞、似锦缎，又如争奇斗艳的玉女，乘风投影落凡尘，曼妙轻盈，美妙绝伦。

行车继续前行，几分钟就到了桃溪镇的政府所在地陶村。进入陶村，修缮一新的街道和统一装修风格的四层排屋店面给人一种整洁雅致的感觉。不过，最吸引人的当数流经村边的那条小溪，因不知其名，姑且妄自叫它"桃溪"吧。

桃溪不宽，不过十余米，没有万壑争流的气势，但它能给驻足于溪岸的人一种"小桥、流水、人家"典雅江南水乡的韵味。流水潺潺，清澈见底，红色的锦鲤三五成群地在卵石间游荡，粼粼的波光闪闪发光。一面弯曲起伏的黛瓦青砖墙，透露着江南的古朴风韵。

斑驳的双拱石桥、飞檐翘角的木质廊桥、平直的水泥板桥横跨溪流两岸，一座座风格迥异、年代久远的桥，注视着一代又一代在此休养生息的子民和一拨又一拨行走于江湖的匆匆过客，与他们一起品味人生百态，感受世态炎凉，也共同守护着山乡村落沧海桑田般的时光流转和旧貌换新颜的喜人巨变。

夹溪两岸，桃花夭夭，柳丝吐翠。白的、粉的、红的桃花，玉蕊楚楚，含露吐英。含苞的，娇羞如少女；怒放的，骄傲若公主。那一簇簇晶莹如玉的素洁，那一团团灿烂如火的艳丽，那一丝丝拂柳的婀娜，无不是一个个清新温婉的江南美女，散发着淡淡的馨香，向你展示着她的千娇百媚。

"桃溪初，水清涟，鱼翔底，芳草鲜。"溪流淙淙，柳绿桃红，活色生香的桃溪美景让人仿佛走进了陶渊明的"桃花源"里，让你清心闲淡地可以忘却尘世的一切烦恼。恍惚间想起，此处不正是"陶村"嘛，这里的居民应该也是陶公的后裔吧。也许是"高雅、洒脱、隐逸"基因特性的传承，才使后人有了这一方旖旎的田园乐土吧。

在陶村，不仅能观赏到"山泉散漫绕阶流，万树桃花映小楼"的乡村美景，还可一见历史悠久、文化底蕴深厚的千年古寺——延福寺的尊容。

延福寺位于陶村东南福平山的山岙中，始建于五代时期后唐天成二年（927年），该寺原名福田，于宋绍熙年间（1190年—1194年）被赐名为延福，是江南建造年代最早的元代木构建筑，是建筑中的稀世珍品。

延福寺有三奇：一奇为年代久远，其为目前江南尚存的元代建筑中年代最早、誉为"国宝级""化石级"的建筑；二奇为斗拱屋顶，整栋建筑全靠斗拱传力、构件相连，不用一钉，且无一构件不受力，与后世的摆设性牛腿风格完全不同；三奇为"三不"建筑，至今梁不积灰、蛛不结网、鸟不做窝。徜徉于雕梁画栋与恢宏庙宇之间，不得不佩服古代能工巧匠非凡的创造思维和高超的建筑技艺！

在现今我们所看到的延福寺建筑群中，只有依山而立、占比为三分之一的后院是古寺遗存，包括以中轴线排列的山门、天王殿、大殿、后殿和两侧厢房。而像延福塔、前山门、钟楼、鼓楼、天王殿、轮藏殿、圆通宝殿等这些前院建筑，都是于2014年按照延福寺历史原貌和形制以及营造技艺复建的。

环顾寺院，山环水绕、松风竹影、环境幽雅。三三两两散立四周的桃树亦如从晨钟暮鼓和袅袅的梵音中得到了禅修一般，不骄不躁、娴静优雅地守护着古寺的宁静，在无意争春的淡定和沉稳中给世人留下"山寺桃花"般别样的美。

桃溪的四月，碧草繁花，春意开怀。

峨眉天下秀

峨眉山，中国四大佛教名山之一。怀着对名山胜川的仰慕，己亥夏，携子远赴峨眉山，欣赏诗人不吝美誉之雄山。

氤氲峨眉

晨光熹微，拉起酣睡中的小儿，从成都双流机场附近的酒店乘坐旅游大巴出发，一路跋山涉水，及至峨眉山景区，行程约用了两个半小时。

下得车来，一座七门五重飞檐的牌楼巍然矗立于眼前，牌楼正中飞檐下"震旦第一山"的五字牌匾镶嵌其中，据说匾中题字是印度僧人宝掌手迹。如古时我们称印度为"天竺"一样，"震旦"亦是古印度人对中国的称呼，有"太阳升起的地方"之意。正门门楣上方，一块儿"峨眉山"的大字匾额遒劲有力，据说此乃康熙大帝御笔。左右两边侧门的门楣上各题有"山之领袖"与"佛之长子"的牌匾，两块儿牌匾，仿若峨眉山向来客表明其身份、地位的名片。雄浑巍峨的牌楼和苍劲有力的笔迹无不彰显山寺名声的显赫与历史文化的厚重与久远。

峨眉山，从古至今，一直备受文人骚客的钟情与赞美。远有李白、杜甫、王维等唐代诗界奇才，近有郭沫若、余光中等文坛大家，多有吟诗作赋，不吝赞美之词。让我印象深刻的诗词有明代方孝孺的"层岩削壁跨千里，坐镇西南势独雄。元气昆仑磅礴外，祥光隐现有无中。珠璎宝佛留金相，金碧楼台依半空。纵是蓬莱并弱水，消虚难与此相同"，它把峨眉山的磅礴高峻与金顶的佛光奇绝描绘得引人入胜、令人心驰神往。

巴山夜雨，晓色空蒙。远山如黛，近水含烟。烟雨眉山，难识真容。造访不巧逢天雨，失望之色不免爬上众人脸颊。导游却说，峨眉山向有"一山有四季，十里不同天"，如果大家运气好，金顶之上或许是艳阳天；倘若造化好，甚至还能见到佛光普照。众人听罢，将信将疑，心里多是祈祷，愿佛祖开恩，愿守得云开见日头。

转乘景区车辆，穿行于蜿蜒曲折的重山之中。车道旁，青松翠柏，草木葱茏。抬望眼，沟壑幽谷，悬崖峭壁，烟雨迷蒙。山涧流水，时而形如白练缥缈，轻柔妩媚；时而动如蛟龙，穿山破石，气势喧天。

山，烟迷雾锁，给远道出访的人们增添了神秘感。雨，绵柔无声，既湿润了峨眉山色，也清润了我的双眸。我想用浸染了仙山灵气的双眼去穿烟破雾，去寻仙踪道影。轩辕问道已逝远，天真皇人今何方？

于雷洞坪下车，顿觉寒气逼人，众人听从导游建议，纷纷租借防雨羽绒服御寒。我与儿子嫌羽绒服臃肿肥大，则买了两件雨衣来穿。

烟雨依旧，在湿滑的山道中，游客时而被身边美景吸引，驻足观赏拍照；时而路边停下小憩，补充体能。气喘吁吁地在阴郁的山中爬行，忽然心中有悟，人生旅途不正如爬山吗？山路，有险阻，有坦途；步履，时蹒跚，时稳健；行色，有匆促，有悠闲。每段山路，境遇各异，唯有调整心态、临机应变才好。若遇不平路、烦心事，就胸满愤懑怨天尤人或打退堂鼓，自己一路无好心情不说，也难达理想。爬山与人生，随遇而安却又百折不挠，这才是应有的态度。心里这样想着，眼前的烟雨笼罩、雾锁重山，竟然如诗如画般美丽起来，原来沉重的脚步也顿觉轻快了许多。

　　导游先前提醒过的猴子出没、需要注意安全的路段竟然未见一只猴影，这让欲一睹峨眉"山大王"尊容的我们不免有些纳闷与失望。此时的"山大王"是吃饱了前人给的食物巡山去了，或是到密林深处避风躲雨去了，还是受古刹梵音的吸引听经禅修去了？

　　雨，时断时续。天，忽阴忽晴。行走在云雾交加、烟雾缭绕的山间古道，有种"只在此山中，云深不知处"的感觉，恍惚似与古人贾岛于幽山同行。

　　路边有杜鹃嫣红似火，娇艳欲滴。阶旁山石贴藓粘苔，翠色欲流。"千古高风挽不回，故山花落又花开。莫欺亭畔苍苍鲜，曾印高人屐齿来。"武义老乡宋人巩丰题写他处的诗句，拾来套用于此，竟也觉得贴切入微、恰到好处。

十方普贤像

行至金顶酒店，几缕阳光穿云破雾，照在庭前虬枝翠叶间。灿烂光影把先前烟雨的困扰与旅途的疲惫一扫而空，让人喜形于色、轻松畅快。

依山循阶而上，雾霭渐薄渐消。转角拾级处，仰头处，只见一座金光大佛岿然屹立于眼前，烟纱缥缈里，大佛俨然在璇霄丹阙间腾云驾雾一般。

导游介绍，这座金佛像叫十方普贤金像，整座造像采用铜铸镏金工艺，通高四十八米，总重量达六百六十吨，由台座和十方普贤金像组成。其中，台座高六米，长宽各二十七米，四面刻有普贤的十种广大行愿，外部采用花岗石浮雕装饰。十方普贤金像高四十二米，重三百五十吨。普贤金像分为三层，代表佛教三界，底层四个头像分别朝向东、南、西、北，中层四个头像朝向东南、东北、西南、西北，上层两个头像分朝南北，故叫十方普贤。

十方普贤菩萨像，和蔼、安详又不失庄严。

四面十方普贤金像由台湾著名建筑师李祖原设计，为世界最高金佛，也是第一个十方普贤的艺术造像。这一世界佛教造像史的伟业正式缘起于 2001 年，2004 年破土行愿，2006 年 6 月圆满落成。金像的落成为峨眉山又增添了一处旷世奇观。

在普贤菩萨金像道场的后方，有一座气势磅礴、庄严雄伟、三重构造的殿堂建筑，此为峨眉山的华藏寺。

殿宇第一重殿门的上方悬挂着由赵朴初先生题写的"华藏寺"金匾。第二重殿是大雄宝殿。第三重殿是普贤殿,也就是金顶、金殿,此为峨眉山最高殿堂。殿门的匾额有"金顶""行愿无尽""普贤愿海""华藏庄严"等,为名家贤达题写。

华藏寺为峨眉山精华所在,有高僧题联云:"华藏长子,七处九会,辅助毗卢阐大教;金顶真人,四方八面,来朝遍吉出迷津。"

金顶绝色

在华藏寺左侧有一排不起眼的台阶,由此拾级而上,就到了一处大型观景平台,如果稍不留意这台阶,就会遗憾地与平台上的金顶失之交臂。此处海拔三千零七十七米,是峨眉山游览的终点,也是真正意义上的峨眉金顶。像去北京游玩"不到长城非好汉"一样,去峨眉山不到金顶等于没去峨眉山。

驻足高台中央,清风徐来,碧空如洗。眼前的金顶殿堂崇阁巍峨,重檐雕甍,檐瓦鎏金。整座殿堂,在阳光的映照之下金碧辉煌。谓之金顶,恰到好处,名副其实。

高台围栏边的阵阵惊叹声吸引了我。循声望去,目之所及,震撼无比。断壁悬崖下,山川渺茫,峰峦叠嶂,含烟凝翠。凌风凭栏处,"会当凌绝顶,一览众山小"的壮美尽收眼底。山静云动,云蒸霞蔚,每一次风起云涌的奇妙壮观,都引得游人由衷地大声赞叹,这是一种动人心魄、波澜壮阔的美,一种气壮山河的美!有机会领略这种美,幸甚至哉!

绝壁高台，云卷云舒，宛若蓬莱仙境；巍巍琼楼，梵音袅袅，疑似天上宫阙。"天接云涛连晓雾，星河欲转千帆舞，仿佛梦魂归帝所。闻天语，殷勤问我归何处。"置身云霄，依稀觉得自己也已羽化成仙，飘飘然忘却了红尘万千。

峨眉山，山叠翠，涧飞渺；石凌霄，云海遥；僧隐逸，佛光耀。

虽有"蜀道之难难于上青天"之说，然深知"无限风光在险峰"的诗仙太白，对"雄秀奇险"的峨眉山也是一心仰慕，执意登临，于是就又有了他的一首佳作流传后世。诗云："蜀国多仙山，峨眉邈难匹。周流试登览，绝怪安可悉？青冥倚天开，彩错疑画出。泠然紫霞赏，果得锦囊术。云间吟琼箫，石上弄宝瑟。平生有微尚，欢笑自此毕。烟容如在颜，尘累忽相失。倘逢骑羊子，携手凌白日。"

往事越千年，山河换新天。南天奇岳，人间蓬莱，李白若是不老，定会故地重游，斗酒诗百篇。

丝路怀远

清晨，辞别天境祁连，驱车前往旅途的下一站——甘肃的张掖与嘉峪关。

去往张掖和嘉峪关必经河西走廊。

河西走廊位于甘肃省西北部祁连山和北山之间，又叫甘肃走廊。东西长约一千二百千米，南北宽约一百千米至二百千米，因位置在黄河以西，所以叫河西走廊。该走廊由武威、张掖、酒泉、金昌、嘉峪关五市和白银市的景泰县组成。

在古代，这一片是沿祁连山脉分布的水草丰美的天然绿洲，也是古代中国通向中亚甚至欧洲的主要通道，有着丝路明珠的美誉。

张　掖

一路向北来到张掖，眼里看见的风景与史书记载的绿洲有着极大的落差，沿途的自然风貌是连绵起伏的戈壁荒漠，满目苍黄，夸张一点儿说，光秃秃的岩漠山头要是有只鸟雀停留，都可以看得见，与古书上描绘的"塞上江南""水草丰美"之说，相去甚远。身在此中，给人的感觉是苍凉与孤寂。

史载，张掖自古就是丝绸之路上的商贾重镇和咽喉要道，城市取"张国臂掖，以通西域"之意命名。

也许是我的认知失之偏颇，我们去的是张掖的七彩丹霞景区，或许除了丹霞景区附近的地貌是戈壁荒漠，其他地方的风光也许真的是水草丰绿。

车到景区，步行进入张掖丹霞地质公园，映入眼帘的是一片叠峦黄土。

若把祁连天境卓尔山比作一位温婉秀丽、花枝招展的妙龄女子，那么张掖丹霞景区就是一位满脸褶皱、饱经沧桑的老汉。

我想象中的张掖七彩丹霞风光应是绚丽多彩的，是明快、温暖的。但环顾四野，层峦之间，满目的黄土荒丘上或深或浅的带状条纹绵延数里，没有什么特别亮眼之处。我甚至怀疑资料宣传中绚丽多彩的地貌景色是人为修出来的，抑或我来的时辰、季节不对。

心中巨大的反差让我忍不住向一路伴随的导游提出了心中的疑惑，导游说等你登临高处的观景台上观赏，你就有别样的感受了。

走在盘山的栈道上，临近观景平台，原本灰暗的天空中灿烂的阳光破云而出，眼中的景象一下子震撼到了我。只见在阳光的照射下，原来并不起眼的黄土层，顿时变得灿烂耀眼起来，一道道带状条纹像七彩锦缎，铺展在蜿蜒的层峦之上。

阳光照耀下的山体光彩夺目，显现出红、黄、橙、白、青、灰等多种鲜艳的色彩。纵观丹霞地貌群，怪石林立，变化万千，似物似景。有尖塔状、锥体状、宫堡状；似人、似兽、似物、似鸟；有打坐、健步，振翅；有慈祥、狰狞、欢笑；形态各异，栩栩如生，如万古山城，似千年石堡，真可谓"横看成岭侧成峰，远近高低各不同"。让你觉得它们是雕塑大师的艺术杰作，但却无一不是出自大自然的鬼斧神工。

身在丹霞群峰，让你感受到波澜起伏，从苍凉、悲壮，到绚烂、魔幻。

这里的丹霞地貌形成于二百万年前，红色砂砾岩经长期风化剥离和流水侵蚀，形成孤立的山峰和陡峭的奇岩怪石。旅行前，听说张掖的丹霞地貌在中国甚至世界上都是极负盛名的，今天到访，阳光下的张掖丹霞，果然名不虚传。

嘉峪关

离开张掖，驱车两个半小时到达河西走廊的另一个重镇嘉峪关。

雄关公园里人流如织，有刻印章的、卖小吃的、卖纪念品的、卖杏皮茶的，各自兜揽着自己的生意。

嘉峪关是明长城最西端的关口，始建于明洪武初年，因地势险要、建筑雄伟，有"天下第一雄关"的美誉。

嘉峪关作为一个庞大的军事要塞建筑群，主要由外城、内城、瓮城、罗城、城壕和南北两翼长城组成，全长约六十公里。长城城台、墩台、堡城星罗棋布，由内城、外城、城壕三道防线组成重叠并守之势，形成五里一燧、十里一墩、三十里一堡、百里一城的防御体系。

关城上还建有箭楼、敌楼、角楼、阁楼、闸门楼十余座，城内建有游击将军府、井亭、文昌阁、关帝庙、牌楼、戏台等，占地面积约三万平方米。平面呈东窄西宽的梯形，四周城墙用黄土夯筑和土坯垒筑而成，高约九米，城墙之上有砖砌垛墙，高一米七，四隅筑有城堡式角楼和角台。

光化楼、柔远楼及嘉峪关楼三座高大门楼建筑同在一条中轴线上。门楼均有高大深长的砖砌拱形门洞，门顶上对称建有宽阔的砖铺平台，平台上对称建有十七米高的三层三檐木结构城楼，彩梁红柱，斗拱层叠，飞檐翘角，雄伟威严。

西城垣凸出，中间开门，门额上刻有"嘉峪关"三个大字，上悬"天下第一雄关"横匾，与东隔万里之遥的"天下第一关"山海关遥相竞雄。

游走在城关内，有一个定城砖的传说令人难忘。导游介绍，相传明正德年间，有一位名叫易开占的修关工匠精通九九算法，所有建筑，只要经他计算，用工用料十分精确。监督修关的监事官不信，要他计算嘉峪关的用砖数量，易开占经过详细计算后说："需要九万九千九百九十九块砖。"监事官依言发砖，并说："如果多出一块或少一块，都要砍掉你的头，罚众工匠劳役三年。"竣工后，只剩下一块砖置于西瓮城门楼后檐台上。监事官发觉后大喜，正想借此克扣易开占和众工匠的工钱，哪知易开占不慌不忙地说："那块砖是神仙所放，是定城砖，如果搬动，城楼便会塌掉。"监事官一听，不敢再追究。从此，这块砖就一直放在原地，谁也不敢搬动。历经五百多年，游人至今仍可看到静躺在檐台上的这一块智慧之砖。

　　站在嘉峪关的城墙上，旌旗猎猎作响，举目远望，大漠苍山，远处的祁连山屹立在历史的风尘中，静静地注视着尘世间的风云变幻。

　　此刻，我想象着关前勇士们的刀光剑影、战马的凄厉嘶鸣、御敌于前的血雨腥风，同时也体会着历史中文人墨客笔下的意境：黄沙百战穿金甲，不破楼兰终不还；醉卧沙场君莫笑，古来征战几人回；大漠风尘日色昏，红旗半卷出辕门。

　　滚滚远去的历史是多么悲壮、激烈！

　　旧城墙上遗留的百孔千疮、走过千军万马后坑洼不平的地砖都诉说着从前的兵荒马乱与血雨腥风。

　　光阴荏苒，世易时移，雄关前曾被用于战争工具的马匹、骆驼如今已成为游人观赏与拍照的娱乐工具，耳旁响起的清脆、悠扬的驼铃声和人们的欢声笑语昭示着生活在河西走廊的各族人民已和谐共融、安享盛世太平。

　　金戈铁马归隐，

　　嘉峪雄关气定。

　　丝路驼铃声远，

　　"一带一路"共赢。

　　赋诗一首，以资纪念。

敦煌情，莫高缘

初次见到你，是在三十多年前中学的课本上。莫高窟，俗称千佛洞，坐落在河西走廊西端的敦煌，始建于十六国的前秦时期，历经十六国、北朝、隋、唐、五代、西夏、元等历代的兴建，规模巨大，有洞窟七百三十五个、壁画四万五千平方米、泥质彩塑二千四百十五尊，是世界上现存规模最大、内容最丰富的佛教艺术盛地。敦煌莫高窟与山西大同云冈石窟、河南洛阳龙门石窟、甘肃天水麦积山石窟并称为中国四大石窟。

那时的我看书本里的你，了解的只是一个对稀世文化遗产表象下的文字描摹，我对你的认知亦如书中的那张纸一样薄，但文中对壁画与塑像的那种精彩描述，使你带着千年的尘土跃然纸上，我被你沧桑的历史、宝贵的艺术价值吸引着，字里行间散发出的那股神秘感让我心驰神往。

三十多年后，当我有机会跨过长江、飞越黄河，不远万里走近你时，我感觉你在我心里却是越发地厚重。

敦煌莫高窟，当我踏上大西北这片皇天后土，见到你的那一刻，我的心是忐忑的，是老友久别重逢般的激动，还是看到满目疮痍的你而悲伤？我想应该是百感交集、五味杂陈吧。

在一处幽暗密闭的空间里，一个叫王潮歌的现代女导演用一种集声、光、电、舞、美特效于一体的大型情景剧来演绎你千年来遭受的风霜与苦难，一场"又见敦煌"让你的悲壮、我的哀伤相遇在浮生若梦的寸寸山壁上、缘聚于时空交错的一线机缘里。

当隋、汉、唐、清等时代的索靖、张骞、玄宗皇帝、杨贵妃、张议朝、王圆箓等一众人马身着历朝特色服饰，沿着鸣沙丝路风尘仆仆穿越千年时光迎面浩荡走来之时，我被强烈地震撼了，面对如此厚重、沧桑与悲壮的场面，我却想哭。

我可怜那卑微无助的王道士王圆箓——一个阴差阳错走入佛教圣地的道士，为了筹钱保护这些残破的洞窟遗迹，省吃俭用、四处奔波、苦口劝募。他不辞辛苦，只身风尘百里，甚至冒死上书慈禧。可叹一个满身疮痍、风雨飘摇的没落王朝，谁又顾得了这些劳民伤财的"破墙烂屋"呢。

我敬佩王道士为保护和修缮敦煌莫高窟所进行的种种努力与贡献，如果没有他，藏经洞内的那些经卷珍宝应该至今仍不得见天日，无法被发现。但我也不得不唾骂他变卖文物的愚昧无知的行为。王道士，你的功与过，让后人如何评说？

我痛恨狡诈无耻的斯坦因、希伯等强盗之流，是他们恃强凌弱利用种种卑劣龌龊的手段，骗取了无数经书、壁画等中华瑰宝。

然而心再有多痛，也无以挽回损失，一切的一切都已成为不可逆转的惨痛一页，唯有铭记历史，莫高窟，莫高哭！

当王圆箓双膝跪地无比羞愧地向飞天菩萨忏悔，飞天又以若谷虚怀用充满慈爱的话语宽慰王道士时，我的泪水夺眶而出，我被飞天的仁慈善良感动着。

在今人与古人反复穿越对话的场景里，我亦心神恍惚、身临其境一般，时而感觉自己就是那个大漠孤烟中执节牧羊的苏武，时而又是穿越远古尘烟置身喧嚣戏场的一个看客。

空谷传音："一年有多长？一辈子有多长？一千年有多长？"诗人王维答道："不过一瞬间。春一去，冬一来，一千年就过去啦。"

我是你的一瞬间，你是我的一千年；你是我的一瞬间，我是你的一转眼。生命的机缘之于时间，让我瞬间感悟到生命的奇妙、短暂与渺小，你我不就是浩瀚宇宙中一朵小小的昙花吗？

我，禁不住泪流满面。

你我是敦煌石壁上那一颗颗细小的尘沙，狂风漫卷之后，我们又身在何方？

石壁上那缓缓渗淌的一滴水，是为等你千年一现的相思泪；缘聚今生的你我，是修行千年孤独而遇的两只白狐；灯火阑珊的茅屋处，琴瑟和鸣是庆幸中了爱的蛊。

王维说的"一瞬间"，深入我心坎，让我倍加珍惜与家人一起的敦煌之行；王道士的一声叹息，刺痛我耳膜，让我格外珍视洞窟里的那些文化遗存。我随着人流穿梭、行走在历史积淀下的悬崖石窟里。

据唐《李克让重修莫高窟佛龛碑》记载，前秦建元二年（366年），僧人乐僔在三危山下的大泉河谷云游，忽见山上金光万丈，似乎有千万个佛在金光中显现。乐僔被这一奇景所震撼，以为是佛祖给他启示，于是他在三危山对面的岩壁上开凿了第一个洞窟。此后法良禅师等又陆续在此建洞修禅，始称之为"漠高窟"，意为"沙漠高处的洞窟"。后世因"漠"与"莫"通用，便改称为"莫高窟"。

在两位高僧的带动下，鸣沙山上，伽蓝渐起。北魏、西魏和北周时，因统治者崇信佛教，故在王公贵族的大力支持下，石窟建造发展迅猛。在隋唐，随着丝绸之路的繁荣，莫高窟更是达到了鼎盛时期，至武则天统治时期，山上洞窟已达千余个。

时至今日，哪个石窟是乐僔和尚开凿的敦煌第一窟已无从考证，其实也没必要再考证，我们懂得古人开凿石窟的初心，懂得欣赏与保护它的美便是。

石窟佛像，或卧、或坐、或立，虽姿态迥异，但其神形皆洒脱祥和、圆润优美。令我印象最深的佛像是一尊十五米八的释迦牟尼卧佛，佛像身着通肩袈裟，双脚并拢，侧身躺卧，眼睛微闭，神态恬淡安详，"右胁而卧，泊然大寂"，生动形象地表现了佛祖"寂灭为乐"的涅槃境界。

敦煌壁画，多是腾云飞天，有临风起舞，有捧花横空，有玉笛飞声，有反弹琵琶……那飘飘衣袂、翩翩彩带使飞天显得轻盈曼妙、潇洒自如、妩媚动人。就连唐代大诗人李白都对飞天咏赞不已，有诗为证："素手把芙蓉，虚步蹑太清。霓裳曳广带，飘拂升天行。"

站立在光线暗淡的石窟里，凝视着一幅幅斑驳的壁画，静寂中仿佛自己的灵魂被幽暗时光抽离躯体，依附在一个个画中人和泥塑像的面孔上，成为他们的喜怒哀乐。

　　"走了走了！"一声催促，一个激灵瞬间把我拉回现实。欲成壁上飞天？想做洞中佛陀？让我做个美梦吧，我不禁哑然失笑。步出洞外，大漠之上，风轻云淡，这天竟是出奇地蓝。敦煌之旅，不虚此行，感慨系之。

神秘西海镇

　　入住西海镇，纯属偶然。原本旅行社安排住宿的地方是在青海湖畔的宾馆，说是推窗即能观湖赏花的湖景房，临要入住，导游却说得到通知原定宾馆附近发生泥石流，为安全起见，进行临时调整，改到八十公里外的西海镇入住。

　　此消息无疑破坏了大家原先入住青海湖畔的种种美好设想，犹如拜堂听见乌鸦叫——令人扫兴，心中虽有万般不乐意，但孰轻孰重，大家心里还是有杆秤的。

　　我们在西海镇一处临街的三层小宾馆住下。一天七八百公里旅途的奔波，用"舟车劳顿"来形容大家的感受，也觉得恰如其分。旅友们就近简单填饱肚子后就洗漱休息。

　　窗外的一切都是静悄悄的，感受不到一丝内地旅游城市那样的喧嚣与嘈杂，这里没有灯红酒绿，没有车水马龙。我躺在床上，脑海掠过刚才晚餐时看到沿街建筑尽是些斑驳、简朴的低矮平房，似乎是被时代列车遗忘在二十世纪七八十年代西北小站的一个黄色帆布行囊里。夜幕下的小镇肃穆、静寂，不曾沾染一缕现代社会的浮躁习气，如一位内心笃定、淡然的居士，孤独而不寂寞地禅修着自己的平淡生活。我虽生性喜静，喜欢独处幽居，但身处这种连一丝虫鸣声都没有的出奇而神秘的静寂之中，反而睡得不踏实，半夜屡次醒来。我起来把窗户打开，欲放外面的一点儿声息进来，哪怕一丝风声也好，结果一切枉然，万籁俱寂依然，我索性拿起手机，上网了解这处神秘之地。

西海，是我国西北的一个小镇，隶属于青海省海北藏族自治州海晏县，是海北州政府所在地，地处湟水源头、金银滩草原，距西宁市一百零三公里。西海镇原名原子城，前身是中国核工业总公司原国营221厂，也称青海矿区。原占地面积五百八十平方千米，由十八个相互独立的生产、研究单位组成，建筑面积五十六万平方米。基地分为甲乙两区，甲区在今西海镇，是基地政治、科研、生产、文化中心；乙区在海晏县城，主要供工作人员生活。

这里曾是我国第一个核武器研制、试验和生产基地。在这块鲜为人知的神秘禁区，新中国第一颗原子弹、氢弹在此实验成功。当年我国的科技工作者从祖国的四面八方会集到这个无名小镇，隐姓埋名，呕心沥血、攻坚克难，为新中国站起来、强起来创造了一项项难以置信的科学奇迹。

1995年，国营221厂旧址整体移交给海北州政府，并被定名为西海镇。5月15日，新华社向全世界宣布"中国第一个核武器研制基地退役"。2005年，退役后的原子城被国务院命名为国家级爱国主义教育基地。由此，这个秘而不宣的地方一步步揭开其神秘的面纱，向世人逐渐展开了其真实的面容。

西海镇是一个给屹立于世界民族之林的新中国增强自信心的城镇，是一个有着无上光荣历史的城镇，对这样的一方热土，我充满崇敬之情。

　　在迷迷糊糊的睡梦中，我被一阵军号声惊醒，一看时间已是早晨六点二十分。起床，如平常一样穿好短袖短裤运动套装，出门晨练。

　　高原的早晨，跟平原不一样，虽已进入盛夏，但这里近六点半天还未大亮，给人一种天生的神秘感。走在八月初的西海街头，整个身体感觉凉飕飕的，双手还感到僵冷，穿着短袖短裤套装的我此时才发觉自己穿少了。这里地处海拔三千多米的青藏高原，此时的温度才零上 8℃，宛如置身于寒秋，跟江南一大早就直面零上 30℃ 的酷暑炎热比起来，这里简直是直接跳过一个夏季，真乃一处避暑的胜地。街上冷冷清清，见不到着急上班的行人。街道虽小，却因少人而显得空空荡荡。街面整洁干净，整个环境处于一片悠然的宁静之中，我喜欢这种安然与慢节奏的氛围。

　　这里见不到高楼大厦，街道两旁的房子多是一些三层结构的建筑，一些励志的宣传语、毛泽东的语录、五角星标志在这些建筑上随处可见，大红旗、毛主席塑像等雕塑在街道两旁高高地矗立着。在一个一穷二白、物资匮乏的年代，靠着勇气与精神的力量，竟然创造出令世界瞩目的非凡成就，对这样的英雄城市、英雄群体，我由衷地心生敬佩。

　　早上七点左右，街上稀稀疏疏地冒出几个人来。他们穿戴厚实，头上要么裹着头巾，要么戴着帽子，有的手上还戴着手套。见到我这般短衣短裤穿着的，竟流露出惊诧之色，像是见到外星来的物种一样，走过去了还要回头再打量，令我感到自己穿着的不合时宜。

在文化活动中心路口遇见一位看上去五十多岁身披绛红色袈裟的藏传佛教僧人，僧人善意地提醒我，早上天凉，要多穿点儿衣服，小心感冒着凉。我双手合十，向他致以感谢。此时街上的大喇叭已响亮地播放着时政新闻，小镇原先的宁静被高亢的声音打破。这种高音大喇叭让我想起了我的童年，我童年生活的山村就时常响起这种洪亮的声音，这是一种令我熟悉而又陌生的声音。

街上的行人渐渐多了起来，我这只"不知春秋的六月斑鸠"也不好意思继续在街头晃荡，于是赶回宾馆。

旅游团安排的早餐是当地的羊肉汤粉和馕，大碗的汤粉、大个的馕，让远道而来的我们感受到西海人的豪情与热情，鲜香的风味小吃刺激着我的味蕾，让我如同面对山珍海味一般大快朵颐，顷刻间面前的食物被一扫而光。

早餐后，开启了今天行程的第一站——原子城博物馆。这是原子城内最核心的参观地点，游客们在这里可以详尽地了解我国研制核武器曾经走过的每一段艰辛路程。通过参观，可以掀开这个小镇曾经的神秘面纱，并增强国人的民族自豪感和爱国主义情怀。我们一大车人满怀期待地向着原子城博物馆行进。

大巴在原子城博物馆的街边停下，博物馆前空无一人，我们庆幸来得早，不用排长队等候。导游让我们先在博物馆的广场上拍照留念，她去拿参观券给我们。很快，只见导游沮丧着脸回来，给大家带来一个不好的消息，说是今天参观不了了，因为博物馆周一闭馆不上班。是呀，博物馆周一闭馆应该是当今大多数博物馆的惯例，导游怎么能把这么重要的信息给遗忘了呢？大家把失望写在脸上，我们错失了了解原子城的机会，却也无奈，谁让我们来得不是时候呢？

摇头、叹气，车里弥漫着失落的情绪，导游劝慰道："人生难免会在你把酒尽欢时给你一个突如其来的不如意，但正是这些不如意才会让我们更加懂得珍惜所拥有的。让我们把失望翻篇，换上好心情，向着美丽的金银滩草原出发。"她的这番话让我想到杭州灵隐寺的一副对联，上联是"人生哪能多如意"，下联是"万事但求半称心"。人生不存在十全十美，有遗憾方是生活本色。好吧，那就让西海镇中国原子城的这份神秘继续留在我们心中吧。

车厢里飘出优美动人的旋律，那是西部歌王王洛宾为他的恋人所作的歌曲《在那遥远的地方》——在那遥远的地方，有位好姑娘，人们走过她的帐房，都要回头留恋地张望。她那粉红的小脸，好像红太阳；她那活泼动人的眼睛，好像晚上明媚的月亮……一车旅友，带着美好的憧憬，向着王洛宾与卓玛擦出爱情火花的圣地——金银滩草原进发。

西海漫记

山高路漫

从茶卡盐湖出发去青海湖，有一百六十千米，需要三个小时车程。

茶卡盐湖的海拔已是三千一百米，车开出去不久，旅友们许是出现了高原反应，东倒西歪地躺在座位上昏昏欲睡，没有昏睡的也如霜打的茄子般萎靡不振，像我这样打过鸡血似的一路保持兴奋状态的，除了司机和导游，也别无他人了。

看着比我年轻的还一个个无精打采的样子，我甚至有点儿沾沾自喜，本尊宝刀未老嘛。

车沿着109国道在柴达木盆地的山间爬行，我一路两眼盯着窗外，生怕错过路上的每一处美景。

车在山间盘旋，人能明显地感觉到海拔越来越高。大巴车内安静无声，传入两耳的唯有汽车努力爬坡时马达的轰鸣声。

车里有人流鼻血了，导游贴心地递上纸巾，安慰着说："没事，很多江南人一到这高海拔地区就会出现这种反应，人尽量仰躺在座位上，睡一觉就好。"

趁寂静打破的间隙，导游介绍说："前方最高处就是橡皮山山口，海拔三千八百十七米，这也是我们本次西北环游之旅途经的海拔最高处。"

连绵起伏的橡皮山高高地耸立在前方，像一座巨大的屏障，公路蜿蜒其间，如一条舞动的哈达。

牦牛与羊群时不时地映入眼帘，它们在美丽的高山草甸上悠闲地吃着草。

湛蓝广袤的蓝天犹如一位贤淑的母亲，她把山川、牛羊、牧草拥入怀中，用清风抚慰着孩子的心绪，朵朵白云是她的眼睛，她用满是慈爱的目光注视着人间的祥和与静美。

车到橡皮山顶垭口，导游让大家下车游览。

此时，蓝天已布满乌云，山口上劲风吹扬，原先萎靡不振的人们被风的狂野再次激发出兴奋，纷纷在有海拔高度标识的路牌下摆拍留影：有盘腿打坐地上的，有抱手于胸站立的，有奋力起跳凌空的。一个手扬艳丽纱巾正欲拍照的大妈，一不小心没拈住巾角，纱巾呼地一下被狂风吹向空中。一声惊叫过后，纱巾已然不见踪影，这就算大妈送给橡皮山的初次见面礼了。正替她惋惜纱巾遗失之时，却见大妈转身又从地上的背包中取出一条，继续弄姿摆拍。我佩服之至——原来大妈是有备而来。

站在乌云压顶的山口，望着山路在陡坡间穿行，听着呼呼的风声，周身感到一阵寒凉。

"风萧萧兮易水寒，壮士一去兮不复还。"脑海忽然蹦出这样苍凉悲壮的诗句，心里想的却是另一个柔弱女子——一千三百多年前为唐蕃联姻而远嫁吐蕃的文成公主，不知其长路漫漫和亲路是否也取道橡皮山口。我仿佛听到松赞干布十里迎亲队伍不绝于耳的驼铃马步声，仿佛看见玉辇金舆里文成公主"望阙云遮眼，思乡雨滴心"的离愁与吐蕃王纵酒放歌的欢畅。

过了橡皮山的天路，地势逐渐平坦，天空时雨时晴。

雨时噼里啪啦一阵，下得直接、干脆，绝不优柔寡断、拖泥带水；晴时则晴空万里，明净通透，不染尘埃。是这里的天气像耿直的西北汉子，还是西北汉子犹如这片明亮的天穹？

沿途看到绵亘不绝的高山草甸和牧民种植的大片青稞泛着夺目的青绿，在高原上焕发着独特、顽强的活力。

时有大片油菜花田纵横交错，黄绿相间，犹如锦绣毯，有如锦丝缎，平铺仄卷在这方厚重的土地上。

蓝蓝的天上白云飘，白云下面云影掠、马儿跑。祁连山脉绵延远矗，近旁花团锦簇。

目之所及，皆是一种令人陶醉的美，美得不可方物！

美丽邂逅

前方远处，天际泛着一湖盈盈的青波，那就是我魂牵梦绕、神往已久的青海湖。

人在二郎剑景区下车，于景区门口等候集合的间隙，从几丈远处传来亲切的乡音。我们这个旅行团就我们父子俩是永康的，其余都是外地的。我不由自主地转头循声望去，正在对话的是一家三口永康侬。

我走上前去用家乡话跟他们打招呼。身在遥远的异乡，在茫茫人海之中碰见老乡，大家都分外高兴。

在与老乡男子闲聊时，多看了几眼站在他身旁的妻子，却越看越觉面熟，很像我老家同村的一个人，心里又不敢肯定。于是我试着询问求证，不问不打紧，一问就问出个大惊喜，果然，她正是与我家老宅大院仅一溪之隔的同村发小——燕。少时家居溪岸两头的小伙伴经常用自制的毛竹水箭筒打水仗互射，燕曾被顽皮的我欺负，哭过好几回鼻子呢。后来，到了上学年龄，她随在外工作的父亲去外地读书，从此大家几无交集。

说起少年往事，两人都津津乐道，想不到四十多年后的重逢，却是在远离家乡两千五百公里之外的青海湖畔。同行旅友听闻我俩的奇遇，打趣道："真是有缘千里来相会，万里他乡遇故知呀！"因各自行程紧张，遂两家人合影留念，而后匆匆道别。

人生如流水，我们是水中的一颗颗石子，初遇时我们棱角尖锐、年少气盛，只懂横冲直撞，流水受不了我们的闹腾，把我们拨开冲远。等到想起对方之时，眨眼间人生光阴已过大半，此时，流水还是流水，我们却已成为圆滑无比的鹅卵石，有缘的，同一个渡口兴许还能邂逅；无缘的，在天涯，你还驻足在西溪，我已奔流到东海，天各一方。

西海情思

老乡燕是游完青海湖景区从里面出来遇到的，她和家人告诉我们，如不进湖游玩，可找旁边一处缺口进到湖边看看，这样既能省下一百元的门票，又能领略湖光山色。因我们团队安排的不是景区深度游，旅友们听后觉得建议甚好，偌大的青海湖也不是封闭管理，于是我们一行从边上的一块儿空地进去了。

青海湖，藏语名为措温布，意为青色的海，也叫西海，位于青藏高原东北部、青海省境内，是中国最大的内陆湖和咸水湖，由祁连山脉的大通山、日月山与青海南山之间的断层陷落形成。青海湖面积达四千五百多平方公里，环湖周长达三百六十多公里，比著名的太湖大一倍还要多。

站在湖边，烟波浩渺，碧波荡漾。湖水的蓝，蓝得纯净，蓝得深湛，也蓝得温柔淡雅。它蓝似海洋，可比海洋要蓝得纯正；它蓝似天空，可比天空要蓝得深沉。

极目远眺，落日如一只被二郎神不小心碰翻的瓶口中流溢的红浆，把天边的云朵晕染成绚烂的晚霞，渐变成七彩的晚霞又从天际流淌到明镜般的湖面上，一点一点地扩散开来。此时的青海湖似一只硕大的翡翠玉盆，把天空倾泻的如乳汁、如霜枫、如榴火、如玛瑙、如琥珀的多彩琼浆悉数承接、收纳。沙鸥像是闻到了玉液琼浆的芳香，在亮丽诱人的玉盆上空贼溜溜地注视、飞翔。"落霞与孤鹜齐飞，秋水共长天一色"，这不正是诗人王勃笔下描绘的意境吗？

旅友手机里传来刀郎的《西海情歌》："自你离开以后从此就丢了温柔，等待在这雪山路漫长，听寒风呼啸依旧，一眼望不到边，风似刀割我的脸，等不到西海天际蔚蓝，无言着苍茫的高原，还记得你答应过我，不会让我把你找不见，可你跟随那南归的候鸟飞得那么远，爱像风筝断了线，拉不住你许下的诺言……"

刀郎苍凉、凄美的情歌让人感怀悲秋，我再一次想到了文成公主，想到了她与青海湖的传说。一千三百年前，唐蕃联姻，文成公主远嫁吐蕃松赞干布。临行前，唐皇赐给她能够照出家乡景象的日月宝镜。途中，公主思念家乡，便拿出日月宝镜。果然，从镜中她看见了久违的家乡长安，她泪如泉涌。然而，公主突然记起了自己的使命，于是便毅然决然地将日月宝镜扔出去，没承想，那宝镜落地时闪出一道蓝光，瞬间变成了湛蓝的青海湖。

掷镜成湖的故事情节神奇动人，可传说毕竟是传说，终究是人们为善良说教而进行的美丽虚构，但主人公却是历史上真实的存在——为家国安宁而唐蕃联姻。我敬仰文成公主为民族大义的勇敢与担当，我敬佩她对小我利益的牺牲与奉献。

湖边游人如织，人们欢快地领略着青海湖的旖旎风光。我踩在松软的沙滩上，看着儿子在水面上用石片打出一串串长长的水漂。如今，藏汉民族都能在这方水土上和谐安宁地工作生活，享受着普惠、加持、包容的民族政策带来的发展红利。今天这种民族和谐、共同发展的大好局面应是历史上罕见的，这也是中央人民政府汲取和总结历朝历代边疆的管治经验并在之上加以创新和发展取得的。

青海湖环境优美，百姓逐水而居。

早在汉代以前，羌人就在这里过着游牧生活；从北魏时起，这里就被称为青海；西汉末年王莽在湖东设立西海郡，筑城戍守；南北朝后期至唐朝初期，这里成为吐谷浑王国活动的中心；在唐代，唐与吐蕃在这里进行过战争，死伤无数。有过边戍游历的诗圣杜甫曾有诗云"君不见青海头，古来白骨无人收。新鬼烦冤旧鬼哭，天阴雨湿声啾啾。"描述了当时战争的惨烈。唐太宗贞观十五年，文成公主远嫁吐蕃，成为吐蕃赞普松赞干布的王后。唐蕃自此结为姻亲之好，两百年间，凡新赞普即位，必请唐天子册命；明代藩属蒙古顺义王俺答汗与藏传佛教格鲁派领袖索南嘉措一起在青海湖南面修建佛寺，明廷赐名"仰华寺"；清朝在青海湖区修筑察汉城，又名白城子，每年蒙藏王公在此盟会祭海。

风雨涤荡，历史的尘渣、沧桑已沉寂在青海湖底，展露、留驻的是清澈明净的碧蓝和明媚宜人的风光。

悄然间，远处的暮霭里，竟然出现两道绚丽的彩虹，一上一下、相依相伴，犹如两个姐妹花，姐姐是霓，妹妹叫虹，美得让人怦然心动，美得让人陶醉窒息。

"谁把青红绒两条，半红半紫挂天腰。"霓虹的风姿与美艳竟让自己觉得词穷才尽，无以为词夸赞其美，心潮澎湃的我只能用眼睛贪婪地欣赏她的美、记录她的美。

都说看到双彩虹的人有好运，我期待着！

后 记

"夕雨红榴拆，新秋绿芋肥。"文稿终于结集成册行将出版，这是春播夏种辛劳笔耕后，秋天里的收获。

对文字的喜爱，其实打小就在心里种下了。

小时候，家里和父亲学校宿舍的书架上有很多藏书。

父亲酷爱看书，也博览群书，小说、诗歌、散文、历史、地理、党史、传记等各类书籍都有涉猎。

那时，最令我尊敬和崇拜的人是老师和作家。

老师能给大家传授知识、答疑解惑。父亲也是一位老师，他知识渊博，很受学生与乡亲们的尊敬。

崇拜作家，是因为作家能通过他写的书给大众传播知识。

那个年代，人们学习知识的途径只有上学和看书两种，别无他途。

我想我从小爱看课外书的爱好，应是来自父亲潜移默化的影响吧。

上中学后，学校办有一个"晨笛文学社"，我于是跻身文学社团，课余勤奋练笔，请社里的指导老师评阅修改，后来陆续有一些涂鸦之作在校内外的刊物上发表。可以说，我真正的文学梦是从校刊《晨笛》启航的。

工作多年后，机缘巧合，单位领导发现我的文笔不错，则调派我到集团公司编辑部，主编单位的报纸和杂志，因此就有了一年多专门与文化宣传打交道的时光。

岁月不居，时节如流，与文字再续前缘，已是二十年后的2019年。那是一个阳光明媚的午后，久未谋面的几位同窗老友到我公司看我，品茗畅聊间，谈起昔日办《晨笛》校刊的往事，他们提议让我牵头组织一个老晨笛社员的联谊活动，并筹建一个新文学社团。在他们极力的鼓动与游说下，心中休眠已久的那个文学梦想被重新点燃，遂与他们一起创办了永康市乡土文化研究会和《龙山文苑》民间刊物。

一个久不动笔之人要重新拾笔，写什么，怎么写，心里总是犹豫不决与惴惴不安。一天，突然做了一个梦，梦见自己在老家祠堂小学的跑步比赛中追赶不上人家，心急猛然哭醒，真是"夜来幽梦忽还乡"。

醒来回味，梦境一下子让我醍醐灌顶——童年时光里那些铭刻于心的经历，不正是最好的写作素材吗？

故乡之于每一个人，那是绿叶对根的情谊。"楚水巴山江雨多，巴人能唱本乡歌。"乡土乡音乃是一曲最令人魂牵梦绕的恋歌。

"白下有山皆绕郭，清明无客不思家。"绵绵乡愁，那是深入骨髓、基因剪切不断、引人共情的思乡情感。乡愁是孤独的，是举杯邀明月、对影成三人的独酌；乡愁亦是温情的，是冬夜里母亲给晚归的你温的一碗暖身蛋花酒。

于是，就有《祠堂小学》《我的家乡我的院》《寨溪醉鱼》《童年的纸飞机》《寒冬、妈妈、棉鞋》等系列写乡愁的文章。

本书收录的这些文稿，是自研究会成立以来在两年里陆续写下的，并相继发表在各级刊物和新媒体上的。

岁月清浅，时光潋滟。能用文字留下一缕人生印记总是欢愉的，何况这是我出版的第一本专集。

心里要感谢的人很多，最要感谢的是我的妻子，是她统揽了公司所有繁杂事务，以她的负重辛劳换取了我的清闲安然，让我有闲暇时光埋头写作，感恩她的大度与宽容。

再要感谢的是把我赶鸭子上架、让我重续文学梦的同窗老友以及给我加油鼓劲、一路扶持的前辈师友，没有你们，就没有手头的这本散文集。

想起席慕蓉的《乡愁》：

故乡的歌是一支清远的笛

总在有月亮的晚上响起

故乡的面貌却是一种模糊的怅惘

仿佛雾里的挥手别离

离别后

乡愁是一棵没有年轮的树

永不老去

就把本书取名为《梦里家山》吧。

是为记。

2022 年 9 月 16 日